각하, 죽은 듯이 살겠습니다

각하, 죽은 듯이 살겠습니다

초판 1쇄 발행 | 2016년 4월 25일
초판 3쇄 발행 | 2016년 6월 28일

지은이 구광렬
발행인 이대식

편집 김종숙 나은심 손성원
마케팅 김혜진 배성진 박중혁 **관리** 홍필례
디자인 모리스

주소 서울시 종로구 평창길 329(우편번호 03003)
문의전화 02-394-1037(편집) 02-394-1047(마케팅)
팩스 02-394-1029
홈페이지 www.saeumbook.co.kr
전자우편 saeum98@hanmail.net
블로그 blog.naver.com/saeumpub
페이스북 facebook.com/saeumbooks

발행처 (주)새움출판사
출판등록 1998년 8월 28일(제10-1633호)

ⓒ 구광렬, 2016
ISBN 979-11-87192-01-5 03810

각하, 죽은 듯이 살겠습니다

구광렬 장편소설

새흔

이 소설을 노팬티작전 대원분들에게 바친다.

1

푸른색 페인트가 칠해져 있었다.
계절과 잘 어울린다고 생각했다.
부디 다른 계절이, 그 푸른색이 전혀 안 어울릴 것 같은
또 다른 계절이 오기 전에 그곳을 빠져나갔으면 했다.

극비

약속이나 한 듯 다들 시선을 창으로 옮겼다. 따다닥. 거리는 소리 때문이었다. 쌀알만 한 얼음 알갱이들이 유리창을 때리고 있었다. 비는 어느새 진눈깨비로, 다시 싸락눈으로 변했다. 창 밖 갈색 흙바닥에 흰 점들이 박히기 시작했다.

대통령은 탁자 위 담뱃갑을 가리키며 '담배들 태워.'라고 했다. 신탄진. 제1차 경제개발 5개년 계획사업으로 세워진, 대한 민국 최초의 현대화된 담배공장 '신탄진 연초제조창' 준공 기념 으로 만든 담배였다. 네, 각하. 1군 사령관 서종철과 방첩대장 윤필용이 동시에 뱉은 말이었다. 하지만 대통령과의 맞담배. 그 저 구두선으로만 받아들였다. 그래서, 어떡하겠다는 건가? 담배를 한 모금 길게 뿜은 뒤 박정희가 말했다. 잠시 머뭇거리던 서종철이 답했다. 제대로 응징해야 합니다. 응징치 않으면 놈들의 도발은 쉼 없이 계속될 겁니다.

1967년 3월, 조선노동당 제4기 전원회의에서 김일성은 '대한민국 정부를 전복하는 데 역량을 총집중, 무장공비를 전후방으로 침투시켜 민심을 교란하라.'는 지령을 전군에 하달했다. 김일성은 대간첩작전의 작전권을 쥐고 있는 미국이 월남전에 전념하고 싶어 한다는 걸 잘 알고 있었다. 1964년 월남파병 이래 남한이 경제력 면에서 북한보다 우위를 점하게 된 사실에 대해서도 늘 배 아파했다. 결국 공비 도발이 예년에 비해 배 이상 늘어났다. 휴전선 인근의 아군 진지와 미군의 GP가 수시로 습격을 받았으며, 중동부 전선에선 공비 무리가 3개 사단의 포위망을 뚫고 태백산맥을 따라 유유히 북한으로 귀환하기도 했다.

각하, 이 모두 '김두표 중령 살해사건'에 대한 응징을 제때 하지 않았기 때문입니다. 그 사건 이후 북괴가 도발에 대한 자신감을 얻었습니다. 반년 새 벌써 60회를 넘기고 있습니다! 서종철이 목에 줄을 세워 말했건만, 박정희의 표정에는 변함이 없었다. 이번에는 윤필용이 나섰다. 중령을 죽였으니, 소장 정도는 죽여야 합니다. 때를 놓치지 않고 서종철이 맞장구쳤다. 군의 사기도 문제고, 무엇보다 국민들이 불안에 떨고 있습니다. 마침내 물고 있던 박정희의 담배 끝이 빨갛게 달아올랐다. 예행연습을 한 보람이 있어 보였다. 박정희는 눈을 지그시 감고서 '계획은?' 하고 내뱉었다. 연기를 삼킨 탓에 낱말만이 입술 사이로 새어 나왔다. 저희 방첩대가 나서겠습니다. 윤필용의 목소리가 조금 전보다 높아졌다. 첩보부대(HID)가 있지 않은가. 박정희는 다시 한 번 담배를 빨았다. 필터 부분에 이빨 자국이 살짝 났다. 아시다시피 민간인들을 교육시켜서 보내고 있지 않습니까? 뭔가 전문병력, 말하자면 특공대가 필요합니다. 윤필용은 '특'에 힘을 주어 말했다. 그 '특'은 박정희로 하여금 윤필용의 입, 그리고 눈을 바라보게 만들었다. 방첩대 임무는 내려오는 공비를 잡는 거지, 쳐들어가는 거 아니잖아. 그건 미군 관할이야. 알게 되면 골치 아파. 박정희는 좀처럼 그의 눈을 윤필용에게서 떼지 않았다. 윤필용은 순간 당황했다. 그때, 서종철이 나섰다. 먼저 놈들이 정전협정을 위반했습니다. 대놓고 정규병을 내려보냈잖습니까. 그것도 특수부대 애들을. 서종철 또한 '특수부대'의 '특'에 힘을 주어 말했다. 하긴 HID, 눈 가리고 아웅 하는 게지……. 박정희는 말끝을 흐렸다. 그의 시선은 어느새, 눈발을 헤치고 멀리 반송에 가 있었다. 부채꼴로 펼쳐진 수령 사반세기의 노송은 마른 갈색에서 풍성한 흰색을 띠기 시작했다. 반송 주변의 약 천 평 정도 되는 땅. 일제강점기 총독관저의 정원으로 사용되던 그곳에는 이제 가축사육장과 온실이 자리 잡고 있었다. 저기 말이야, 소나무 있는 저곳. 잔디를 깔면 어떨까. 서종철과 윤필용은 멍해졌다. 너무나 뜬금없는 대통령의 말에 눈꺼풀을 닫지 못하곤 창 너머를 봤다. 반송은 함박눈을 맞고 있었다. 한 폭의 풍경화였다. 부드러운, 아주 부드러운 스카이라인이 형성되고 있었다. '각하, 그냥 두면 놈들은 재미를 붙여 연대장, 사단장, 아니 어느 직위까지 노릴지 모릅니다.' '각하, 청와대 위수지역의 병력을 더 보강하실 필요가 있습니다.'가 윤필용과 서종철이 준비한 말이었건만, 둘은 꿀 먹은 벙어리마냥 멍하니 창밖 풍경만을 바라봤다. 부인은 살았다며? 이번엔 뜬금 있는 대통령의 말에 두 사람은 현실로 돌아왔다. 네, 각하. 복부 관통상을 입었으나 운 좋게 살았습니다. 서종철의 말에 박정희는 재떨이 가장자리에 담배를 문지르며 대꾸했다. 운 좋을 게 따로 있지……. 남편 죽고 언니 죽고, 두 딸마저 죽었는데, 못 따라간 게 한이겠지. 두 사람은 말없이 고개를 떨궜다. 묵념을 하는 양 보였다. 해봐……. 대통령은 또 한 개비 신탄진에 불을 붙이며 말을 줄였다. 네, 각하! 두 사람은 어깨를 펴고 큰 소리

로 대답했다. 비밀이야. 극비란 말이야. 알았어? 네, 각하! 명심
하겠습니다!

⊕

1967년 5월 어느 날, 서울 홍릉 방첩부대 부대장실.

윤필용은 서종철과 통화 중이었다. 대공처장 김교련 대령과
609방첩대장 한창욱 대위는 윤필용의 통화가 끝나기를 기다리
고 있었다. 통화는 길었다. '네, 네, 그렇습니다……' 토막말만
으로는 그 내용을 알 수 없었지만, 석연치 않은 표정으로 미루
어 뭔가 일이 순조롭지 않음은 짐작됐다. 윤필용이 수화기를
내려놓자, 한창욱이 한 발짝 다가갔다. 부대장님, 이렇게 한번
말씀드려보십시오. 적정을 잘 아는 애들을 데리고 가는 거라고
요. 죽더라도 우리 대원들이 죽는 거 아니잖습니까. 한마디로
걔네들을 이용하는 거라고요. 윤필용은 한참을 침묵하다가 한
창욱의 진지하고도 끈질긴 주장에 마침내 입을 열었다. 그렇게
해서라도 작전만 성공한다면, 별 문제 없지. 오히려 훈장 다섯
개 감이지. 하긴, 우리 대원들 중에 목숨 걸고 자원하려는 애들
이 있겠어? 있다 해도 보안상 문제가 될 테고. 가서 죽어버리면

몰라도 살아 돌아오면 언젠간 나발을 불 거야. 하긴, 자네야 죽겠어……? 윤필용은 말끝을 흐리곤 한창욱을 쳐다봤다. 한창욱은 윤필용의 눈을 피하지 않았다. 그의 귀에는 훈장 다섯 개란 말만 들어왔지, 죽는다는 말은 들어오지 않았다. 오히려 윤필용이 눈을 아래로 내리깔며 말을 이었다. 어쨌든 위험하지 않을까? 전향의사를 밝혔다 하더라도 공비였는데. 돌아서 쏘고 달아나면……. 윤필용은 연신 말끝을 흐렸다. 중요한 작전이라 여겼지만, 성공에 대한 확신이 없었다. 걱정 마십시오. 제 나름대로의 생각이, 대책이 마련되어 있습니다. 윤필용과는 반대로 한창욱의 말은 자신감에 차 더욱 또렷해져 갔다. 마침내 윤필용의 입에서 '그래, 끝까지 가보자.'란 말이 튀어나왔다. 한창욱은 거수경례를 올렸다. 사선을 그리며 올라간 손, 한동안 빳빳이 머물렀다.

공비

일 초에 서너 번은 때림직한 쇠공이와 두들겨 맞는 쇠그릇,
조그만 쇠붙이들이 내는 '따르릉' 소리는 마치 빨래의 마지막
물기를 짜듯 평래의 가슴을 비틀었다. 그의 머리로부터 석 자
도 안 되는 곳에 처연히 매달려 있는, 게 등껍질만 한 그것은 화
재나 재난경보보단 기상나팔 용도로 쓰이고 있었다. 곧 울릴
것 같은 벨소리에 평래는 초조했다. 그냥 일어나면 될 것이건
만, 곤히 자고 있는 옆 사람들의 꿀단지 속 마지막 숟가락 같은
아침잠을 방해하고 싶지 않았다. 평래는 눈을 뜬 채 꿈쩍 않고
누워 천장을 바라봤다. 푸른색 페인트가 칠해져 있었다. 계절
과 잘 어울린다고 생각했다. 부디 다른 계절이, 그 푸른색이 전

혀 안 어울릴 것 같은 또 다른 계절이 오기 전에 그곳을 빠져나 갔으면 했다. 다행히 깁스한 오른팔에 차도가 있는 모양이었다. 개미 몇 마리가 붕대 속에서 기어 다니는 듯한 느낌이 들었다. 언제쯤 울릴까? 십 분쯤 후일까? 곧 벨이 울릴 것 같았지만 시 간을 알 방법이 없었다. 초조함은 매순간 급작스레 울릴 것 같 은 벨소리 때문만은 아니었다. 길고도 길었던 또 다른 날의 십 분을 떠올렸기 때문이었다.

강원도 정선의 한 야산에 비무장지대를 통해 침투한 열다섯 명의 공비들이 들어섰다. 근 한 달간 제대로 먹지 못한 그들은 허기를 때우기 위해 아랫마을을 기습할 생각이었다. 세 명의 공 비가 마을 입구 옥수수밭으로 들어갔다. 옥수수는 채 자라지 않아 키들이 고만고만했다. 영글지도 않은 것들을 똑똑 분질러 준비해온 마대에 담기 시작했다. 오 분도 채 되지 않아 자루가 불룩해졌다. 그만 돌아갑세다. 여린 옥수수 껍질을 손으로 훑 곤 두루룩 하고 이빨을 돌리던 공비가 말했다. 그의 어깨엔 소 총이 거꾸로 매달려 있었다. 잠깐, 동무……. 뒤가 마렵소. 망 좀 보라요. 또 다른 공비가 엉덩이를 틀어막곤 뒤뚱거리며 후미 진 곳으로 달려갔다. 싸게 만났소? 어찌 익지도 않은 날강냉이를 통으로 조지더라니······. 나머지 둘은 밭둑에 처진 호박잎을 따기 위해 밭 가장자리로 발걸음을 옮겼다. 때에 견줘 제법 큰 것들도 있었다. 동무, 욕심내지 마오. 호박 이파리는 따봐야 별 먹을 방법이 없소. 그런 말 마오. 없어 못 먹지. 돼지 장화 신고 걸어간 국물이라도 맛봤음 좋겠소. 이걸로 국을 끓여볼 참이오. 그때였다. 엉덩이를 까고 변을 보던 치가 허리춤도 미처 못 올린 채 황급히 달려왔다. 동무들 큰일 났시오······, 종간나 괴뢰새끼들이 오고 있시다. 뭐라고 괴뢰들이! 몇이나 되오? 몇 십은 돼 보여요. 큰일 났구만, 일단 이곳을 빠져나갑세다! 다들 몸을 웅크린 채 이백여 미터 앞 민가로 들어갔다. 초가치고는 제법 넓은 마당을 두고 있었다. 암탉이 병아리를 몰고 다녔으며 발발이 한 마리가 툇마루 아래서 혀를 내밀며 색색거리고 있었다. 순하게 생긴 상판으로 짖지 않아도 수상할 게 없을 것이건만, 공비 중 하나가 개의 주둥이를 손으로 잡곤 나일론 줄로 목을 졸랐다. 개는 발버둥을 쳤지만 얼마 후 눈알 사이로 피를 뿜곤 혀를 길게 내밀었다. 공비는 죽은 개를 뒷간으로 끌고 갔다. 그사이 다른 하나는 부엌을, 광을, 그리고 툇마루를 살폈으며, 나머지 하나는 황토방 안으로 들어갔다. 이어 '쿵' 하는 소리와, '억!' 하는 짧은 비명이 들려왔다.

죽었남? 죽었지 기럼……. 방 안엔 남자 하나가 쓰러져 있었다. 곁에는 걸레로 입이 틀어 막힌 채 부들부들 떨고 있는 삼십대 초반의 여인네와 다섯 살쯤 되어 보이는 여자아이가 있었다. 쌍, 다 까버리자구……. 근데 이건 또 뭐야. 소련제 권총 토카레프를 쥔 치가 강보에 싸인 갓난아기를 보며 말했다. 동무는 애기를 맡아라우. 칼을 든 치가 기관단총을 둘러멘 치에게 말했다. 이어 그 치, 여인의 목울대에 칼을 가져갔다. 순간, 그녀의 젖가슴에 머리를 파묻고 있던 여자아이가 울먹이기 시작했다. 여인은 마치 숨기면 숨겨질 것처럼 여자아이의 머리를 가슴에 묻었다. 그때 기관단총을 둘러멘 치가 점잖게 말했다. 죽일 필요까진 없잖소. 죽인다고 우리가 살 수 있는 것도 아니고. 그냥 한 십 분만 버텨봅세다. 그냥 지나칠 수도 있잖소. 그리고 우리 대원들이 내려올 수도 있는 거고. 그 말에 권총을 쥔 치가 총자루를 위아래로 흔들며 벌컥 화를 냈다. 이보라, 지금 뭐라고 했나? 또 혼자 잘난 척하기야? 그 말에 기관단총을 든 치가 손바닥으로 방바닥을 누르는 시늉을 하면서 대꾸했다. 되레 이 사람들이 필요할지도 모르잖소. 조금만 더 기다려봅……. 그의 말이 채 끝나기도 전에 여자아이의 머리가 강한 비틀림으로 홱 돌아가버렸다. 권총을 쥔 치가 칼을 든 치를 향해 머리를 사선으로 추켜올리며 신호를 보내자마자 일어난 일이었다. 여인은 두 눈에 흰자위를 보이며 눈망울을 닫질 못했다. 입에 물린 걸레를 뺀다면 통곡이 봇물처럼 터져 나올 것처럼 보였다. 잘하네. 애기도 어떻게 해버리라우……. 권총을 쥔 치가 태연히 웃으며 한 말이었다. 그때 밖에서 '아무도 없나 보네.' 하는 소리가 들려왔다. 그 소린 누가 있으면 들으라는 듯, '있어요.'를 답으로 기다리는 양 혼잣말치곤 멀리서 들려왔다. 계세요? 목소리의 주인은 이제 마루에 걸터앉았다. 문지방 안의 풍경과 문지방 밖의 풍경은 상반되었다. 아무 일도 없다는 듯 나른한 초여름 오후의 정적을 문밖으로 밀어내고 있었다. 이 집엔 개도 안 키우나……. 목소리의 주인은 문고리를 당길 기세였다. 천천히 나가라우. 낮잠을 잔 척 기지개를 켜곤 아무도, 아무것도 보지 못했다고 하라우야. 태연히……. 허튼 수작하멘 애기도, 당신도 죽여버릴 테야. 권총을 쥔 치가 싸늘해진 여인의 귀에다 솜이불에 바늘 떨어지는 소리만큼 작은 목소리를 심었다. 그러곤 여인의 머리카락을 손으로 흩뜨리며 입에 물린 걸레를 빼냈다. 여인은 정말 기지개를 켜는 시늉을 하며 마루로 나갔다. 공비들은 숨을 죽이며 총부리를 방문 쪽으로 돌렸다. 총열들이 쪽창을 통해 스미는 햇살에 반짝거렸다.

아이구, 안녕하세요. 주무셨나 보죠. 미안합니다. 다름 아니라 마을에 수상한 자들 지나가는 걸 못 보셨나 해서요. 아니오. 못 봤드래요. 여인은 말끝에 한쪽 눈을 깜빡였다. 고여 있던 눈물방울이 떨어졌다. 경찰도 눈을 깜박이며 '혹, 보시면 지서나 면사무소에 연락주세요.'라고 했다. 여인은 이빨을 문 채 '네. 알겠습니다.'라며 힘겹게 말을 이었다. 공비들은 문틈 사이로 국군과 경찰들이 빠져나가는 걸 확인했다.

허튼수작 부리지 않았지? 권총을 든 치가 여인을 다그쳤다. 아니라요. 그저 하라는 대로 했드래요. 기지개 켜고⋯⋯. 여인은 팥죽색 입술을 부르르 떨며 말했다. 자, 날래 여길 빠져나갑세다. 다른 대원들이 기다리고 있소. 칼을 든 치가 여인의 손을 뒤로 모아 끈으로 묶은 뒤, 입을 걸레로 틀어막으며 말했다. 그러자 권총을 쥔 치가 군화로 베개를 걷어차 올리며 성깔을 부렸다. 일이 남았소. 다 죽여야겠소. 우리가 가고 나맨 이 쌍간나, 지서에 연락할 게요. 권총을 쥔 치가 칼을 든 치를 향해 다시 한 번 턱을 사선으로 추켜올렸다. 그때 기관단총을 둘러멘 치가 또 끼어들었다. 그럴 시간이 없소. 그 시간에 차라리 먹을 것 있으멘 좀 달라하는 게 낫지⋯⋯. 혹시 이팝이나 갱기 같은 거 있소? 그 말에 여인이 의아해하자, '동포끼리 이리도 말이 안 통해서야……. 쌀이나 감자 말이요.'라고 기관단총을 둘러멘 치가 덧붙였다. 여인은 고개를 끄덕였다. 걸레가 물린 입 사이로 소리가 새어 나왔다. 권총을 쥔 치가 한쪽 귀를 그녀의 입 가까이 가져갔다. 무시기 소리 하는 기야……. 그 치, 그녀의 입에 물린 걸레를 확 뽑았다. '원하신다면 밥도 해드릴 수 있어요.' 여인의 입에서 봇물처럼 터져 나온 말이었다. 하! 기래? 기러고 보니 이팝 먹어본 디도 오래됐구만. 좋아, 아까 죽인 개새끼를 삶아스리 보신탕도 끓여보자우. 그 말에 다시 기관단총을 둘러멘 치가 끼어들었다. 부조장동지, 조장동지와 대원들이 기다리오. 그냥 먹을 것만 받아 갑세다. 그 말에 권총을 쥔 치, 기관단총을 둘러멘 치의 이마에다 총부리를 가져가며 소리쳤다. 햐, 이 종간나새끼, 참으려, 참으려 했는데 도저히 안 되겠네. 내가 저 간나 들뿌리를 확 찢어발기고 싶은데도 참고 있는 기야, 알갔어? 다들 진정하시라우야. 이러고 있을 때가 아니오. 아주마이는 나가서 그저 마대에다 가득 담아 오라요. 이팝이나 갱기, 삶은 옥시기 같은 거. 칼을 든 치가 문틈을 통해 바깥을 훔쳐보며 말렸다. 마당엔 햇살이 가득했으며 작은 꽃나무들 사이로 벌과 나비들이 날아다녔다. 그의 눈길은 다시 뜰에서 마루로 옮겨졌다. 마루엔 놋대야가 놓여 있었고 천장엔 햇빛에 반사된

물그림자가 어룽지고 있었다. 공비들은 총을 방바닥에 내려놓곤 다릴 뻔었다. 그때 강보 속 아기가 잠에서 깼는지 울기 시작했다. 밖으로 나가던 여인이 돌아와 애기에게 젖을 물리려들자, 권총을 쥔 치가 그냥 두고 가라며 손사래를 쳤다. 여인이 방문을 열었다. 그러자, '꼼짝 말아!' 소리와 함께 문 뒤에 숨어 있던 국군들이 들이닥쳤다. 공비 하나, 반사적으로 방바닥의 총을 들었다. 탕, 탕, 탕! 이어 터지는 총소리. 둘 즉사하고 하나, 오른팔에 관통상을 입었다.

서빙고동

식사 후 삼십 분 정도의 운동시간이 주어졌다. 운동기구는 모두 벽이나 천장에 붙어 있었다. 아령이나 덤벨 등 흉기로 돌변할 수 있는 것들은 아예 없었다. 역기도 특수 벤치프레스에 붙어 있었으며, 그나마 하나뿐이었다. 줄넘기는 인기가 좋았으나 두 개밖에 없어 빈 팔을 돌리며 팔딱팔딱 뛰는 시늉을 했다. 멀리서 볼 땐 제법 그럴듯하게 줄을 넘기는 것처럼 보였다. 운동효과도 실제 줄넘기 못지않았다. 아예 기구가 필요 없는 운동종목도 있었다. 순전히 몸통만으로 하는 소타기. 편을 갈라, 상대편 등 위에 올라타 로데오처럼 마구 흔들곤, 가위바위보로 다시 공격과 수비를 결정하는 놀이. 소의 머리 부분에 해당하는 사람이 가랑이를 벌리면 뒷사람은 그의 가랑이 사이에 머리를 끼워 넣는다. 이어 뒷사람들은 또 앞사람의 가랑이 사이에 자신의 머리를 끼워 넣고, 그렇게 이어가다 보면 소 한 마리가 탄생하는 것이다. 소라고 하지만 북경 사자놀음의 사자 같기도, 기차놀이의 기차 같기도 하다. 하루도 빠짐없이 해온 강도 높은 훈련에 익숙해진 전향공비들에겐 동적인 게 필요했건만, 수용소 안은 너무 정적이었다. 다소 난폭해 보이긴 했지만 피 끓는 그들의 힘을 단시간에 소진시킬 수 있었던 소타기는 그 면에서 수용소 측이 권장할 만한 놀이였다. 소타기에 지치면 가위바위보로 건빵따먹기를 하곤 했다. 그날도 건빵을 한 움큼씩 쥐고선 다들 '돌, 가위, 보'를 외쳤다. 그때 방첩대 소속인 사복경비가 구호도 없이 경례를 했다. 윌리스 지프가 수용소 안에 깊숙이 들어온 뒤에야 누군가 '쌍권총이다!'라고 소리쳤다. 다들 입속의 건빵들을 삼켰다.

지프에서 내린 창욱은 '박태형, 백기태, 이평래, 김현석'이라고 적힌 쪽지를 당직사관에게 건넸다. 조은택, 류시련도 적혀 있었으나 X표가 덧씌워져 있었다.

대공분실의 모든 방들은 같은 가구로 꾸며져 있어, 창욱은 사방팔방 거울집 속으로 들어가는 듯한 느낌을 받았다. 고동색

응접세트에 철제책상과 캐비닛, 서류함, 나무옷걸이, 심지어 벽에 걸린 그림까지 같았다. 사람들도 같은 복장에, 표정 또한 그랬다.

창욱은 심층면담을 시작했다. 책상 위엔 얇지 않은 서류철이 놓여 있었으며, 수용자 신상카드들이었다. 우리, 다시 보게 됐네……. 창욱이 웃으며 말하자, 평래도 웃었다. 그래, 팔은 좀 어떤가? 창욱은 평래의 깁스한 오른팔을 유심히 살폈다. 부목 위에 감겨 있는 광목이 누렇게 찌들어 있었다. 끝부분엔 주먹이 과장되게 붙어 있어 인간기관차라고 불렸던 소니 리스튼의 왼쪽 주먹을 연상시켰다. 싸이 좋아졌습네. 평래는 표정 없이 답했다. 야, 주먹 한번 크구나. 깁스한 팔뚝에 큰 주먹, 꼭 초대형 가재 앞발을 보는 것 같구나. 창욱의 말에 평래는 쑥스러운지 아랫배 쪽으로 주먹을 가져갔다. 숨기려고 한 것이었지만 주먹이 오히려 그의 배를 숨겼다. 주먹 단련을 많이 했나 보네. 그래, 어떻게 하는가, 북에선. 창욱의 말에 평래는 잠시 망설이다 입을 열었다. 껍질 벗긴 나무통에다 밧줄을 감고선 때립네다……. 평래의 말에 창욱은 빙그레 웃었다. 평래는 창욱의 웃음을 확인한 뒤 말을 이어나갔다. 하루에 오천 번 이상 주먹질을 하는데, 며칠이면 펼 수 없을 정도로 주먹이 붓습네. 그때

부턴 또 빈 병이나 쇠붙이, 깡통 뚜껑 등을 올려놓곤 계속 때립네다. '생긴 것하곤 다르네. 제법 말을 잘하는데.' 창욱이 속으로 중얼거렸다. 그러곤? 창욱이 재촉했다. 손이 피고름 범벅이 되면 다시 소금 더미에다 주먹질을 하는데 기렇게 하고 나멘 손이 돌덩이가 됩네다. 소금에는 왜? 창욱의 눈이 둥글어졌다. 그렇지 않음 아이 썩겠습네까? 고기 절이듯 소금에 절여야……. 창욱은 둥글어진 눈망울을 닫을 줄 몰랐다. 벽돌이나 기왓장 격파는 우습겠는걸. 다들 한 방이면 떨어져 나가겠구나! 평래는 그의 이야기를 어린애처럼 듣고 있는 남쪽 군관에게서 무구함을 느꼈다. 좋아, 그럼 본격적으로 들어가서……, 음, 질문사항, 숙지하나? 네? 당직이 말 안 해줬어? 질문사항 말이야. 평래는 그제야 무슨 말인지 알겠다는 듯 고개를 끄덕였다. 창욱은 '숙지'란 한자어에 문제가 있음을 깨달았다. 그건 창욱이 풀어야 할 숙제였다. 순서대로 답하면 돼. 예, 아니오로. 강원, 금강, 화천리 4반, 맞나? 예, 맞습네다. '맞습니다.'는 빼고 말해. 창욱의 목소리는 조금 전과는 달리 짧고도 굵어졌다. '예.'라고 답하는 평래의 목소리 또한 짧고 굵게 들렸다. 둘 사이 팽팽한 긴장이 맴돌고, 마침내 평래는 창욱에게서 외경을 느꼈다. 정찰국 2기지 5방향 10조원, 맞나? 예. 광주 무등산 일대 밀거지 및 지하당 구축, 광주시 내 대학생 데모선동 조종, 복귀로 상 군사정찰, 맞나? 예. 강원, 삼척, 원덕, 임원리, 맞나? 예. 질문내용은 북쪽 주소, 소속, 남파임무, 침투경로 순이었다. 5방향이라 할 때 방향은 특수부대임을 뜻했다. 평래는 방문을 나서기 전, 한마디 붙였다. 기왓장이나 벽돌 격파는 아이 했습네. 아깝잖습네까. 고저 고런 걸로는 집을 지어야지요. 북에선 주로 돌멩이나 작은 바위를 깹네. 이번엔 창욱이 뭔가 말을 하려다가 웃었다. 평래는 창욱에게서 느낀 무구를 아쉬워하며 방을 빠져나갔다. 창욱이 '돌멩이나 바위로 지은 집이 더 비싸……'라는 둥 설렁한 우스개라도 던졌더라면 평래의 아쉬움이 덜했을까?

태형의 차례였다. 지낼 만해? 그렇습네다. 자네 주먹도 참 크구먼. 태형은 얼굴을 찡그렸다. 평래와 비교되는 게 싫어서였다. 아이구, 팔도 굵네……. 특별히 운동하는 거 있나? 아닙네다. 그냥 북에서 단련한 거 외엔……. 평래와 달리 태형은 자랑이라도 하듯 팔을 돌려보였다. 어떻게 하는데? 고저 열심히 했습네다. 구체적으로 말해봐. 나도 내 부하들을 그렇게 훈련시키게. 고저 격술만 하면 됩네다. 격술이라면, 종합무술을 말하는 건가? 네, 그렇습네다. 그럼 팔과 어깨는 어떻게 단련하나? 고저 웃통을 벗은 채 누워서 손을 길게 뻗습네다. 그러곤 앞사람의 어깨에 손바닥을 올리곤 고개를 숙입네다. 그 위로 자동차가 지나갑네다. 그래? 창욱의 눈이 다시 한 번 둥글어졌다. 그러다가 팔이나 어깨가 망가지면 어떡하려구? 태형은 손으로 팔, 어깨를 만지며 말했다. 망가지지 않도록 자동차를 날래 몹네다. 하지만 기합을 제대로 넣지 않음 어깨나 팔을 다칠 수도 있습네다. 그 말에 창욱의 둥글어진 눈이 초승달 모양이 되었다. 격술시범 좀 보여줄 수 있나? 창욱의 말에 이번엔 태형의 눈이 둥글어졌다. 지금 당장 말입네까? 그래, 지금. 태형은 겸연스러운 표정을 지었지만 큰 소리로 답했다. 그럼 쑤왁스럽지만 어디 한 번 해보겠습네다! 태형은 자리에서 일어났다. 어깨선이 깎아지른 비탈 모양을 하고 있어 몸이 마름모꼴로 보였다. 그러곤 획획, 소리가 나도록 손, 발, 다리를 현란하게 움직였다. 태권도에다 합기도, 유도, 가라테를 합쳐놓은 것 같았다. 창욱은 박수를 쳤다. 아주 좋았어. 열은 해치우겠는걸. 태형은 쑥스러운 마음에 머리를 긁었지만 눈빛엔 날이 서 있었다. 그의 두 눈이 창욱의 가슴 아래로 갔다. 권총의 손잡이 부분이 망사조끼 위로 삐죽 솟아 있었다. 태형의 시선을 의식한 창욱은 또 다른 권총이 매달려 있는 허리춤에다 손을 올렸다. 이번엔 태형의 시선이 그쪽으로 옮겨졌다. 총이 그립나? 창욱의 말에 태형이 놀라며 답했다. 아, 아닙네다. 고저 군관께서 싸이 멋져 보여 그렇습네다. 쌍권총 때문에? 아닙네다. 크지 않은 체구지만 균형이 잘 잡혀 배우 같습네다. 배우? 창욱은 배우란 말에 웃었다. 기분이 좋아 웃었다기보단, 막 생포된 공비의 입에서 튀어나온 말이 진한 부르주아 냄새를 풍겼기 때문이었다. 배우라……. 그래 앞으로 배우가 되어야 할지도 몰라. 군인 역할을 맡은 배우, 아니 배우 역할을 맡은 군인. 음……. 창욱은 잠시 눈을 감았다가 떴다. 당직에게 들었지? 질문사항. 창욱은 어느새 '숙지' 같은 어려운 한자어를 피하고 있었다. 함북, 청진, 사남구역 추평동 25, 맞나? 예, 내 살던 곳입네다. '예, 아니오.'라고만 답해. 예. 정찰국 2기지 5방향 10조원, 맞나? 예. 경남 가야산 밀거지 구축, 지하당 조직, 군사시설 촬영, 맞나? 예. 강원, 삼척, 원덕, 임원리, 맞나? 예. 자네 잘하는 게 뭐야? 예기치 못한 질문이라는 듯, 태형은 순간 의아해했다. 잘하는 게 뭐냐고? 창욱이 되묻자, 그제야 '헤엄입네다.'라고 답했다. 수영? 예. 얼마나 잘하는데? 다들 날보고 명태라 불렀습네다. 물개나 수달이 아니고 명태? 예, 박명태입네다. 야, 그러고 보니 명태란 별명이 자네와 잘 어울리는걸. 군살 없이 쭉 빠진 몸매하고 말이야……. 근데 명태가 많이 잡히는가 봐, 거긴? 예, 한때 명태로만 끼니를 때운 적이 있습네다. 그래서 이제 그 별명이 싸이 싫증 납네다. 그래? 그럼 내가 별명 하나 지어줄까? 창욱은 잠시 천장을 올려 보더니 '바다표범'이 어떠냐고 했다. 순간 태형의 눈이 둥글어졌다. 명태와 바다표범의 차이, 먹고 먹히는 사이. 그의 운명이 그렇게 바뀌고 있을지도 몰랐다.

현석의 차례였다. 현석은 친척인 양 창욱을 반갑게 대했다. 창욱 또한 그런 현석을 보곤 흐뭇해했다. 반가움과 흐뭇함. 창욱은 그런 게 신뢰가 아닐까 생각했다. 잘 지내나? 예, 군관님 덕분에 별 탈 없이 지냈쉬다. 창욱은 웃음을 감출 수가 없었다. 성격 때문일까. 아님, 다른 치들보다 몇 달 더 남쪽 물을 먹어서일까. 열여덟 미청년이 유독이 살갑게 다가왔다. 그때 부른 노래, 신라의 달밤 말이야. 아주 잘 부르던데……. 누가 가르쳐줬지? 북에서 배웠습네다. 내려오기 전 남조선 노래 서넛은 기본으로 알아야 합네다. 여기서 배운 노래는 없나? 라디오나 텔레비전을 통해서 말이야. 있쉬다. 어디 한번 불러볼래? 창욱의 목소리는 갈수록 부드러워졌다. 잘 부르진 못하지만 어디 한번 해보겠쉬다. '노오란 샤스 입은 말 없는 그 사내가 어쩐지 나는 좋아, 어떤지 맘에 들어…….' 현석은 차렷 자세로 노래를 불렀다. 창욱은 현석이 노랠 부르는 동안 손뼉으로 박자를 맞췄다.

어찌 이리도 어린애를 공비로 내려보냈을까. 순간 창욱의 손에 힘이 빠지기 시작했다. 그의 박수소리는 그만큼 희미해져 갔다. 잘하네, 아주……. 가수야, 가수! 현석은 창욱의 칭찬에 의기양양해했다. 제 소원이 남조선에서 나훈아, 남진, 배호 같은 가수가 되는 겁네다. 그래, 열심히 하면 될 것 같다. 그래, 자네는 여기가 좋아? 네, 좋쉬다. 왜? 고저 목숨이 붙어 있어 좋쉬다. 창욱은 현석의 얼굴을 유심히 살폈다. 그린 듯한 입술, 오뚝한 콧날, 쌍꺼풀진 눈, 긴 속눈썹, 목숨을 잃기엔 너무나 아름다운 청년이었다. 그래 될 거야, 훌륭한 가수. 유명가수가 되면 날 모른 척하는 거 아냐? 창욱은 웃으며 서류철을 넘겼다. 현석의 신상카드였다. 사진은 생포 당시, 그러니 넉 달 전 '노동당 연락부 간첩 김현석'이라 적힌 팻말을 양손에 받쳐 들고 찍은 것이었다. 아닙네다. 전, 군관 선생님이 좋쉬다. 그러니 가수가 되면 먼저 선생님께 뛰어갈 겁네다. 근데 왜 내가 좋지? 현석은 미소를 지으며 답했다. 그저 맏형 같쉬다. 그래, 나도 현석이가 막냇동생 같다. 창욱은 다시 한 번 이런 게 신뢰가 아닐까 생각했다. 음……, 그럼 시작해볼까. 질문사항 알고 있지? 창욱은 눈을 자연스레 신상카드 속 현석의 사진으로 옮겼다. 순간 놀랐다. 사진 속 인물은 마흔 살 사내의 눈빛을 띠고 있었다. '겉과

속이 다른 녀석? 음……, 그래, 어리지만 노동당 연락부 소속 간첩이었지.' 창욱은 현석을 이리저리 살폈다. 혼란스러웠다. 평양, 대동강 구역 탑재동 19반 맞나? 창욱의 어투가 갑자기 딱딱해졌다. 현석은 달라진 창욱의 음색에 자세를 고쳐 앉곤 큰 소리로 답했다. 예! 노동당 연락부, 맞나? 예! 서울 및 충주지역 깡패, 소매치기 활동, 동조자 포섭, 대동 월북, 환경자료 수집, 맞나? 예! 경기도 장단, 맞나? 예! 답하는 내내, 현석은 사진 속 마흔 살 사내의 눈빛을 띠었다. 하지만 방문을 나설 땐, 다른 치들과는 달리 거수경례를 하지 않고 머리를 숙였다. 순간 열여덟, 아니 열둘 소년의 눈빛이 보였다. 다시 창욱의 얼굴이 밝아졌다.

기태 차례가 되었다. 잘 지내나? 기태는 '예.' 하고 답했지만, '아니요.'라고 말하는 것 같았다. 어디 아픈가? 어찌 기분이 안 좋아 보인다. 아닙네다……. 고저 아침에 먹은 꽁치 대가리가 목구멍에서 앙앙거리는 거 같아서리. 그놈의 꽁치가 아직 살아 있나 보구나. 창욱은 애써 낄낄거렸건만, 기태는 심각한 표정을 유지했다. 지난번에 말이야, 팔씨름 일부러 져준 거지? 창욱이 눈을 생글거리며 말하자, 기태는 당황해하며 큰 소리로 답했다. 아닙네다! 일부러 져주는 거 없스꽈니, 우리……. 순간 창

33

욱은 '우리……'의 뒷말이 궁금했다. 그래, 우리……, 어떻다는 건가? 아닙네다. 아무것도. 갑자기 기태의 얼굴이 붉어졌다. 창욱은 곧 그 말줄임 부분에 들어갈 말들을 떠올려봤다. '북쪽 사람들은', '특수부대에선', '특수부대원들은' 등. 창욱은 곧장 시계를 풀곤 오른팔을 탁자 위로 올리며 말했다. 그래, 그 팔뚝에 그 덩치로 이 팔뚝, 이 덩치에게 진다고? 어디 다시 해보자. 이번엔 봐주기 없기다. 창욱이 막무가내로 나오자, 기태는 당황한 나머지 말을 더듬었다. 아, 아닙네다. 군관님……. 심이, 심이 싸이 세십네다. 뼛속에 살 있다는 말 있잖습네까. 고저 고 말이 딱, 딱 맞습네다. 저는 안 되겠스꽈니……. 아냐, 엄살 부리지 마. 지난번엔 일부러 지려고 오른팔이 불편타 했잖아. 어디, 이번엔 진짜배기로 해보자. 아, 아닙네다. 정말 전, 전 왼짝빼기넵다……. 그래? 그럼 왼손으로 다시 해봐? 둘은 손을 맞잡고 힘을 주기 시작했다. 팽팽했다. 기태 쪽으로 기우는 듯하다가 창욱 쪽으로, 다시 기태 쪽으로, 끝내는 창욱이 이겼다. 안 되겠스꽈니. 저보다 심이 세십네다. 또 져줬구먼……. 창욱은 꼭 이기고자 했다. 그래야 할 것 같았다. 선풍기도 돌아가고 열린 창으로 바람도 들었건만 기태의 얼굴은 땀에 절어 있었다. 창욱은 기태에게 수건을 건넸다. 땀을 많이 흘리나, 본래? 아닙네다.

고저 용을 써서 그렇스꽈니……. 지지 않으려고 말입네다. 기태는 땀을 닦은 뒤, 수건을 한 번 접어 두 손으로 창욱에게 올렸다. 순간 창욱의 입가에 미소가 번졌다. 수건에서 피어나는 기태의 땀 냄새가 일순 밭두렁 풀잎 향내처럼 느껴졌다. 그럼 어디 시작해볼까. 질문사항 알지? 당직 동무가 말한 겁네까? 창욱이 동무란 말에 얼굴을 찡그리자, 기태는 곧 정자세를 취한 뒤 '시정하겠스꽈니.' 하곤 당직사관으로 바꿨다. 창욱은 '스물일곱 순진덩어리' 하며 입술을 달싹였다. '예, 아니오'라고만 답해. 창욱은 다른 치들에게 한 것과는 달리, 이 부분에서도 부드러운 목소리를 냈다. 함북, 경원, 화동 읍내리, 맞나? 예. 정찰국 1기지 4방향 8조원, 맞나? 예. 청주 보은군 군자산에 밀거지 구축, 지하당 조직, 포섭자 대동 월북, 맞나? 예. 강원, 삼척, 원덕, 임원리, 맞나? 예. 아직도 꽁치가 목구멍에서 앙앙거려? 창욱이 피식 웃으며 말하자, 기태는 손을 목으로 가져갔다. 목줄기에 있던 땀방울 몇이 손에 달라붙었다. 창욱은 수건을 또 한 번 기태에게 건넸다. 아프면 당직에게 말해. 약 주라 할 테니. 기태는 머리를 숙이며 웃었다. 창욱 앞에서 처음 짓는 웃음이었다. 앞니 하나가 없었다.

가죽이
있어야
털이 나는
게야

식당 문 좌측 이 미터 앞 벽에 걸린 그림. 그 속 초가, 우물, 구유 속에 머리를 박고 여물을 씹고 있는 황소, 어미 닭 뒤를 졸졸 따라다니는 병아리, 무엇보다 열매를 주렁주렁 달고 있는 싸리 울타리 옆 한 그루 나무. 이십여 명의 공비들 대부분이 그림 속 그 나무에만은 관심을 보였다. 열매가 먹음직스러워서라기보다는 난생처음 보는 것이었기 때문이다.

노란 감꽃이 떨어질 무렵 남파되었지만, 지천으로 뿌려져 있던 탱글탱글한 꽃망울들이 그 그림 속 붉은 열매가 된다는 걸 그들은 알지 못했다. 약속이나 한 듯 감꽃들을 쓸어 모았다. 태형과 평래는 동시에 얼추 비슷한 생각을 했다. 한 번도 해본 적 없는 일이건만, 실에 꿰어서 목걸이를 만들었으면 했다. 태형은 이미 세상에 없을 여인의 목을 위해, 평래는 세상 어딘가에 있을 여인의 목을 위해.

태형은 그림 앞에 멈춰 섰다. 안으로 빨려 들어가는 느낌이었다. 그 나무를 돌배나무로 바꿔놓는다면 고향집 앞마당이 될 것 같았다. 안으로, 또 안으로 가슴을 졸이며 사립문을 열었다. 댓돌에는 여인네 고무신 한 짝이 놓여 있었다. '기심둥?' 하면 '뉘기야?' 할 것 같았다. 막 문고리를 당기려는 순간, 등 뒤에서 묵직한 목소리가 들려왔다. 동무, 뭘 그리 보며 데설웃음을 짓는 기야. 밥 먹을 땐 고저 밥이나 먹디. 석 달 먼저 들어온 류시련이었다. 몬저 가라우야. 태형은 뒤돌아보지도 않고 답했다. 호감이 가지 않는 치가, 거기에다 오랜만에 젖어본 향수를 깨뜨렸다. 몇 초만 더 주어졌더라면 문고릴 당겼을지도 몰랐다. 어쩌면 문고리를 놋숟가락이 채워진 채로 내버려뒀을지도 몰랐다. 혹시 없었으면 하는 이가 들어 있거나, 있었으면 하는 이가 들어 있지 않음으로 인한 두려움과 실망 때문에. 어쨌든 황토 뭉치가 살짝 떨어져 나간 천장 아래엔 남파 직전 만들어놓은 회화나무 선반만은 길게 놓여 있을 터였다.

태형은 식판을 들고 일식삼찬이라 적힌 팻말 앞에 섰다. 시래깃국에 김치, 꽁치 반 마리, 검정콩이 섞인 보리밥이 전부였다. 반 마리 꽁치는 머리가 붙은 부분과 꼬리가 붙은 부분이 있었으며, 둘 중 하나를 선택할 수 있었다. 태형은 꼬리 쪽을 택했다. 식판을 들고 어디에 앉을까 두리번거렸다. 코앞엔 평래가 앉아 있었다. 태형은 될 수 있으면 그와 멀리 떨어져 앉아야겠다는 생각에 대각선 방향으로 갔다. 평래는 달가닥, 식판 긁는 소리를 내며 마지막 숟가락질을 하고 있었다. 식판엔 뾰족한 꽁치 주둥아리만 남아 있었다. 태형이 식판을 놓고 앉을 즈음, 현석이 들어왔다. 현석의 존재는 어디서든 도드라졌다. 말수가 없어 '구먹댕이'라 불리는 기태마저 그에게 수작을 걸었다. 김 동무네 꽁치는 어이 통마리인가? 아이구, 누구시라고. 기태 친구님이시네. 쉿! 동무가 아니라 친구. 현석은 지나가는 기간병이 들으라, 큰 소리로 말했다. 기간병은 현석의 '친구' 발음에 웃었다. 현석이 '구'에 유난히 강세를 뒀기 때문이다. 알았어. 근데 내 말인즉슨, 어찌 동무, 아니 친구네 꽁치는 온전하냔 말일세. 아이, 꽁치도 숨을 쉬려면 코가 있어야 하고 똥을 싸려면 똥구가 있어야지유. 다들 기형 꽁치를 들고 계시네그려. 현석은 가끔 장난삼아 충청도 사투리를 썼다. 충주 또한 그의 활동거점이었기 때문이다. 기간병이 식당을 빠져나가자, 기태는 눈알을 반짝이며 현석에게 말했다. 반짝인다고 했지만 광 속에서 마주친 쥐의 눈처럼 주위가 어두워져야만 느낄 수 있을, 아주 미세한 반짝임이었다. 정찰국 2기지 동무 말이야, 이름이……, 그래, 김균선이. 기태의 말에 현석은 같은 소속 대원 이름도 잘 기억치 못하느냐는 듯, 혀를 차며 되물었다. 이런 쯧쯧, 리균성이 아닙네까? 그래, 맞아 리균성이……. 그 무시기, 동무야 당 연락부 소속이었으니 대원들 이름 외는 건 삼동서 김 한 장 먹듯 하겠지만 빡빡 기기만 했던 우린 어디, 기렇……. 근데, 그 동무 무신 일 있쉬까? 기태의 말은 채 끝나기도 전에 현석의 말에 의해 덮여버렸다. 아니 그냥, 완전 전향한 것 같아서리……. 기태는 밥을 국에다 말면서 스쳐가는 말투로 답했다. 국물이 모자란 탓에 밥 위의 검성콩들이 채 잠기질 않았다. 그걸 본 현석이 벌떡 일어나 배식구 쪽으로 갔다. 배식구 너머로 몇 마디 던지더니, 국 한 그릇과 꽁치 반 마리를 가져왔다. 어찌 된 기야, 동문 참 재간도 좋아. 기태의 말에 현석은 어깨를 들썩이며 목에 힘을 줬다. 내레, 고저 부엌에다 여기서 말하는 애인 하나 뒀쉬다. 바깡질(눌은밥)도 생기면 준다 했쉬다. 근데 리균성 동문 완전 전향자가 될 가마리가 아인감? 리평래 동무도 그런데……. 나도 그렇고. 기태는 현석이 건네준 꽁치 반 토막을 다시 반 토막 냈다. 젓가락으로 그 반의 반 토막을 현석의 식판으로 옮겨다 놓으며 말했다. 평래 그 동문, 내가 잘 알아. 정찰국 들어오기 전부터 알고 지내던 사이야. 그 동문 답답한 걸 못 참아. 기래서 남파공작에 지원한 기야. 이런 곳에 갇혀 있으면 머리가 확 돌아버릴 동무지. 신나게 말하는 기태를 보며 현석은 웃었다. 왜 다들 친구님을 구먹댕이라 부를까, 이러쿰 말을 잘하는데…… 그 말에 기태는 거의 눈을 눈썹에다 갖다 붙이며 대척했다. 말 안 하면 구먹댕이야? 나 참, 어이가 없어. 다들 간나처럼 입만 까가지고…… 볏짚에도 속이 있어. 알간? 그리고 병에 가득 찬 물은 저어도 소리가 안 나. 기태가 목소릴 높이자, 현석은 손바닥으로 아래를 누르며 진정하라 일렀다. 왜 이래. 나도 고양이 닭알 굴리듯 하는 거 있어! 마침내 기태는 흥분했다. 그렇지요, 맞수다. 동무는 싸이 재간 있수다레. 내레 그냥 해본 소리쉬다, 하하…… 현석의 웃음 뒤에 잠시 침묵이 흘렀다. 잠시라 했지만, 밥 한 술 차이였다. 기태는 식판에 돌돌 굴러다니는 밥알들을 숟가락으로 모았다. 입안에 넣기 전, 조금 전보다는 부드러운 어조로 말했다. 그 색안경 긴 군관 동무 말이야. 있잖아 왜, 쌍권총 차고…… 동무보곤 뭐, 솜씨 자랑해보라 아이 했나? 했쉬다. 기래, 동무는 뭘 했습둥? 기태는 현석의 입에서 기상천외한 웃음거리가 튀어나올 걸 기대했다. 현석은 마지막 한 술에 꽁치꼬리를 얹으며 답했다. 노래를 불렀쉬다. '아아, 신라의 바아암이이여 불국사의 종소리 들리어온다. 지나가는……' 고춧가루 한 점이 현석의 이빨 사이에서 보였다가 안 보였다가 했다. 기태의 웃음보가 터졌다. 그를 웃길 수 있는 사람은 현석밖에 없었고, 기태는 현석 앞에서만 웃었다. 기태에게 웃음은 무장해제 같은 것이었다. 먼저 웃으면 상대방이 치고 들어올 것 같아 불안했다. 그의 입은 자물쇠로 채워져 있는 듯 보였으며, 현석만이 그 열쇠를 가진 듯했다. 그 군관 량반, 또 한 곡 더 불러보라 했쉬다. 근데 생각지도 못한 노래를……. 현석이 말끝을 흐리자, 기태는 눈을 동그랗게 뜨고선 의자를 앞으로 낭겼다. 뭔 노래? 기태의 눈이 더 동그래져 흰자위가 드러났지만 눈의 크기엔 대차 없었다. 안 보이던 실핏줄이 드러날 뿐이었다. '눈물 젖은 두만강'이쉬다. 뭐라구, 두만강? 기레요. 두만강. 거집소리로 내가 잘 못 부른다고 하니까, '두만강 푸른 물에……' 그 자라이(어른) 앞 소절을 불렀쉬다. 그러고선 '백마강 달밤에 물새가 우우 울어……' 꿈꾸는 백마강인가 뭔가 하는 노래를 불렀는데, 내 고향이 대동강이라니까, 그 자라이 고향은 백마강이라 했쉬다. 어찌 저리 비단실 풀리듯 말이 잘 풀릴

41

까, 신기한 듯 기태는 현석의 입술을 뚫어져라 봤다. 마침내 기태의 얼굴에서 아침 안개 걷히듯 우울의 흔적이 사라졌다. 난, 잘하는 게 없다 했지. 기랬더니 놀랍게도 팔씨름을 해보자는 기야. 긴데 팔뚝이 아주 절구자루 같았어. 잡는데 얼마나 두툼하고 억센디⋯⋯. 기리고 악발이야. 나도 팔씨름해서 져본 적 없거든. 기리고 오른팔이 조금 저린다 했더니, 왼팔로 하자 했어. 사실 난, 왼짝빼기잖아. 얼씨구나 했디. 기리곤 살살 져줘야지 했디. 긴데 기게 아냐. 나중엔 이기려 해도 안 됐어. 싸이 심이 세. 긴데 심이 눈에서 나오는 것 같았어. 얼마나 매숩던지. 기렇게 두 번이나 졌지. 긴데 말이야⋯⋯. 이번엔 현석이 기태의 팥죽색 입술에 두 눈을 모았다. 기태는 뭔가 말하려다가 말았다. 긴데, 뭣까? 현석의 눈이 둥글어졌다. 아님메⋯⋯. 고저 해본 소림메. 현석은 피식 웃었다. 그러곤 기태의 말을 짐작했다는 듯 고개를 끄떡였다. 하지만 기태의 입에선 전혀 예상치 못한 말이 튀어나왔다. 내레 돌아가고 싶슴메. 북조선으로. 고향 화동 읍내리로⋯⋯. 순간 현석의 얼굴이 파랗게 됐다. 애써 침착한 어조로 답했다. 내레, 시방 동무 한 말 듣지 않았쉬다. 동무야 말로 진정 전향할 가마리가 아니네.

평래가 식사를 마치고 나오자 그림 앞에 서 있던 태형이 기다리고 있었다는 듯 다가갔다. 할 이야기 있어. 잠깐······. 태형은 평래의 옷소매를 당기며 복도 안쪽으로 갔다. 이것 놓아. 놓으란 말야. 나, 배신자하곤 할 말 없어. 태형은 평래의 옷소매를 놓으며 말했다. 자뻣하문 그러는데, 아다모끼(마구잡이) 하지 말라우야. 오해야······. 태형은 가급적 낮은 목소리를 내려 했지만, 평래의 목소리는 더욱 높아져 갔다. 무시기, 아다모끼? 오해? 가죽이 있어야 털이 나는 게야. 거지발싸개 같은 새끼. 총소릴 듣고도 못 들은 척한 거면서······. 와중에 태형은 식사를 마치고 나오는 현석과 기태에게 눈인사를 건넸다. 동무, 밉광스럽게 굴지 말라우야, 무시기 가을 뻐꾸기 우는 소리 하는 기야. 사람들이 있으니 작은 소리로 함메······. 당연히 지원을 하려 했지. 하지만 기땐 우리도 공격당하고 있었어. 막, 현석과 기태가 복도 끝에서 사라졌다. 모든 방이 출입문에서부터 바깥쪽 창문, 그리고 실내장식까지 똑같아. 마지막 순간을 포착치 못하면 사람이 중간에서 증발해버리는 듯 보였다. 열하나가 죽었는데 시팔, 어찌 동무 혼자 살아남았냐고! 태형은 평래의 어깨 위에 두 손을 올리며 답했다. 총알이 떨어졌기 때문이지. 자총할 때때알까지 모조리. 동무도 잘 알잖아, 왜 대원들이, 기것도 우리처럼 특수부대원들이 챔피스레 생포당하는지를······.

우리 집에
왜 왔니

가장 취약한 부위를 공략하는 게 중요하다. 몸통 중간 부분에 무게가 쏠리게 되는 만큼 공격하는 입장에선 그곳에 가장 덩치가 큰 이를, 수비하는 입장에선 가장 뚝심 있는 이를 두는 게 유리하다. 마지막 소몰이꾼이 뛰어올랐다. 평래였다. 평래는 팽팽한 근육 사이로 은빛 땀을 흘리는 몽고 말 같았다. 그가 전속력으로 달려와 털썩 내려앉자 소는 휘청거렸다. 공격팀은 기회다, 하곤 몸을 흔들었다. 소는 주저앉을 것만 같았다. 소머리 부분의 현석은 소몰이꾼 기태에게 가위바위보를 재촉했다. 기태는 뜸을 들였다. 그러다 소가 쓰러지면 가위바위보를 할 것도 없이 공격팀의 승리가 되기 때문이다. 평래가 올라타 엉덩이를 들썩일 때마다 태형은 중심을 잡기 위해 이쪽저쪽으로 다리를 옮겼다. 현석은 '돌, 가위, 보'를 외쳤다. 둘 다 가위를 냈다. 다시 현석은 '돌, 가위, 보'를 화급히 외쳤다. 이번엔 둘 다 주먹을 냈다. 그때, 평래의 마지막 털썩거림에 태형이 견디지 못하곤 주저앉고 말았다. 각자 앞사람의 사타구니에 머리가 박힌 채 홀러덩 자빠졌다. 진짜 소라면 산낙지 한 마리론 어림도 없을 듯 보였다.

창욱이 도착했을 땐, 그들은 이미 등목을 마친 뒤였다. 여느 때처럼 그늘 아래서 건빵내기를 하고 있었다. 창욱을 본 그들은 스프링처럼 일어났다. 창욱이 인사 대신 건넨 '건빵따먹기도 가위바위보로 하나?' 물음에 현석은 '저희는 가위주먹이라 합네다.'라고 답했다. 현석이 만들어내는 가위는 다른 대원들의 것과는 달리 아주 여려 보였다. 그의 가위는 천을 자르기도 힘들어 보였지만, 잘려나가는 천들은 아픔을 모를 것 같았다.

창욱은 지프 뒷좌석에서 전날 신설동 시장에서 구입한 옷꾸러미들을 내렸다. 옷들을 입혀놓으니 딴사람들 같았다. 기태는 농촌 새신랑 같았으며, 현석은 부잣집 도령 같았다. 태형과 평래는 영화 〈팔도 사나이〉의 박노식과 장동휘를 연상시켰다. 서울, 다들 모르지? 오늘 내가 구경시켜준다. 창욱은 도심으로 차를 몰았다. 소나기가 한차례 퍼부은 뒤라, 거리풍경은 더없이 선명했다. 네 사람은 하나같이 어리둥절해했다. 새장 속에 갇혀 날개를 잊어버린 새 무리 같았다. 새장이 출생지요, 고향인 새 들. 새장 밖으로 나오면 부여잡을 철사 한 토막 못 찾아 뒤뚱거 리는. 서울역, 남대문, 청계천. 복잡한 곳일수록 더 그랬다. 팔짱 을 끼고 덕수궁 돌담길을 서성대는 연인들을 보고도 쉽게 눈길 을 주지 않았다. 하나하나, 속내를 알 순 없었지만 창욱은 그들 의 눈빛, 걸음걸이로 짐작할 순 있었다. 그건 분명 패배감이었 다. 세 시간쯤 지나자, 퇴계로 입구에 다다랐다. 대포처럼 생겼 구만. 현석이 빌딩 옥상광고탑에 설치된 자이언트 모형 드레스 미싱을 보곤 말문을 열었다. 후미에 따라오던 태형의 귀에 담길 정도였으니, 혼잣말치곤 큰 소리였다. 어데 대포 같나, 말대가 리 같구만스리……. 태형이 대꾸했다. 지나가던 아가씨가 그 소 릴 들었는지 태형의 얼굴을 보며 손으로 입을 가리고 웃었다. 야, 자네들, 인기 좋아. 다들 장가가는 덴 애로사항 없겠는걸. 앞서가던 창욱이 낄낄거렸다. 실제로 새 옷을 차려입은 훤칠하 고도 잘생긴 사내들이 지나가자 많은 행인들이 쳐다봤다. 퇴계 로를 벗어날 즈음, 대원들 옆으로 쌀가마니를 실은 리어카가 지 나갔다. 리어카가 좌우로 흔들릴 때마다 쌀알이 몇 톨씩 길 위로 떨어졌다. 다들 눈의 초점을 톡톡 떨어지는 쌀알에다 뒀다. 하얀 쌀알들은 검은 아스팔트와 대조를 이뤘다. 쌀알들은 삼 사 초에 한두 알씩, 일이 미터 간격으로 떨어졌다. 십 리를 가봐야 몇 줌 떨어질까 말까 했지만, 귀한 것들이었기에 다들 안타까워했다. 어데 구멍이 났나? 창욱이었다. 뉘기가 구멍을 뚫버서 도둑질하려 했나 봐요. 현석이었다. 가마니 한쪽이 째개졌네요. 태형이었다. 그때 한 무리 비둘기 떼가 모여들었다. 하얀 쌀알들이 사라지기 시작하자, 검은 아스팔트는 더욱 검게 보였다. 리어카 뒤는 어느새 비둘기 떼로 가득했다 비둘기들이 날면 리어카도 따라 날 것 같았다.

마침내 리어카가 멈췄다. 꾸꾸꾸, 비둘기 떼, 하늘로 치솟기 시작하고, 다들 하늘을 올려 봤다. 구름 한 점 없는 반도의 여름 하늘, 저런 물감도 있을까. 어떤 화가라도 저 하늘을 채색키 위해선 인디고, 코발트, 마린블루, 무엇보다 푸른 마음 한 조각을 빠뜨려선 안 될 것 같았다. 딱딱했던 얼굴들이 풀리고 있었다. 길 건너 신세계백화점 건물엔 선풍기를 경품으로 준다는 현수막이 축 늘어져 있었다. 먹고 싶은 거 없어? 창욱의 말이 떨어지기가 무섭게 현석이 답했다. 얼음보숭이요. 창욱은 아이스케이크 통을 메고 가는 꼬마를 불렀다. 다들 입에다 작지만 달

콤한 자본주의 하나씩을 물곤 명동을 어슬렁거렸다.

해질 무렵, 청량리경찰서 오른편에 위치한 요릿집 '다정'을 찾았다. 밖에서 보면 그저 평범한 한옥이었지만, 몇 발짝 들어서면 범상치 않은, 대궐 같은 집이었다. 정원은 온갖 꽃들로 가득 차 있었으며, 크고 작은 돌로 만들어진 전복껍데기 모양의 수로는 포석정을 연상시켰다. 연못과 분수, 정자까지 갖춘 아기자기한 정원은 마치 궁궐의 후원처럼 보였다. 대원들은 한복을 곱게 차려입은 아가씨를 따라 깊숙이 들어갔다. 실내 또한 화려했다. 자개장에다, 벽 중앙에 텔레비전까지. 하지만 그 무엇보다 형형색색의 찬으로 채워진 밥상을 보고 대원들의 눈이 휘둥그레졌다. 이런 상 받아본 적 있나? 창욱은 '아니오.'란 답을 자신 있게 기다렸다. 그의 기대에 부응하듯 대원들은 입을 다물지 못했다. 근 서른 가지나 되는 반찬들이 상의 모서리까지 놓여 있었지만, 중첩되는 건 각자 몫의 미역국밖에 없었다. 이런 밥상 받아본 적 있나? 창욱이 다시 한 번 물었다. 할아버지 환갑날에도, 아니 4·15 때도 못 먹어봤쉬다. 현석이었다. 4·15라니? 예, 수령님, 아니 김일성 생신입네다. 태형이 현석을 앞질러 대답했다. 야, 이 새끼야, 말조심해. 수령이라니, 생신이라니, 뭔 개뼉다귀 같은 소리야! 마침내 그들에게 창욱은 알량한 남쪽 군관이 아니었다. 북쪽의 무시무시한 인민무력부 총참모부 정찰국 교관이나 다를 바 없었다. 예, 시정하겠습네다! 태형은 이내 부동자세를 취했다. 앞으로 우리가 할 일이 바로 놈과 놈의 일당을 깨부수는 일이야. 자네들은 속은 거야. 어차피 돌아갈 수 없었어. 가미가제 알아? 2차 대전 때 왜놈들 폭격기 조종사들 말이야. 돌아올 기름을 안 넣어줬잖아. 자네들도 내려올 땐 내려왔지만 다시 올라가는 건 불가능했어. 그건 나보다 자네들이 더 잘 알잖아. 한마디로 '죽어라.' 내려보낸 거야. 백에 아흔아홉은 사살 또는 생포됐어. 창욱은 밥풀을 튀겨가며 말을 이어나갔다. 방 안 공기가 냉해졌다. 순간 선풍기 바람이 시리게 느껴졌다. 다들 말조심해! 여느 때와는 달리 창욱은 끝말마저 딱딱하게 맺었다.

빈 맥주병이 하나둘, 늘어갔다. 차츰 방 안 분위기가 다시 부드러워졌다. 창욱이 텔레비전을 켜자, 다들 그쪽으로 눈길을 돌렸다. 하지만 이따금씩 술과 음식을 나르는 아가씨들이 들어오자, 다시 그쪽으로 눈길을 돌렸다. 예쁘지? 그렇게 묻는 창욱은 다시 그들이 생각하는 남쪽 군관이 되어 있었다. '예!' 하고 현석이 창욱의 마음을 읽었다는 듯 재빨리 답했다. 어느 쪽 아가씨가 더 예뻐? 남쪽? 북쪽? 창욱은 묵묵히 숟가락을 입으로 가

저가는 평래에게 물었다. 평래는 웃기만 했다. 그의 가슴 앞에 는 갈비뼈가 수북이 쌓여 있었다. 백 군은? 창욱은 여자에게 가장 관심이 없을 것 같은 기태에게 물었다. 기태는 창욱의 말을 듣지 못했는지, 고개를 숙인 채 조기만 먹고 있었다. 맛있는지 머리 부분 살점까지 빼먹었다. 기태 형은 북쪽 처녀가 아리땁다 했쉬다. 현석이 말했다. 너한테 묻지 않았어. 창욱의 핀잔에 현석은 머릴 긁적이며 곧 '시정하겠습네다!'라고 했다. 어이, 백기태! 창욱이 한 옥타브 높여 자신의 이름을 부르자, 기태는 그제야 고개를 들곤, 해질녘 논바닥의 개구리처럼 입을 불룩거렸다. 아냐, 아무것도, 그냥 맛있게 먹으라구……. 창욱은 그런 기태가 안쓰러워 보였는지 말끝을 흐렸다. 기태는 갈비를 뜯으면서 '예,' 하곤 고개를 숙였다. 손가락들이 갖은 양념으로 울긋불긋해 보였다. 현석이는? 핀잔을 준 게 마음에 걸렸는지 창욱은 부드럽게 말했다. 남쪽 처녀가 좋쉬다. 그래, 아무리 생각해봐도 현석인 남쪽 체질인가 봐. 창욱이 껄껄거리며 웃자, 뜻밖에 기태까지 따라 웃었다. 번들거리는 입술이 막 입으로 들어가는 돼지수육보다 더 두꺼워 보였다. 자네들, 해방군 알지? 왜, 6·25 때 북쪽 포로들 말이야. 포로교환으로 송환되어 갔지만 어디 대접받고 사나? 해방군들은 장가도 못 가. 여성들의 기피 대상이잖아. 나보다 자네들이 더 잘 아는 사실 아냐? 자네들 지금 북으로 돌아간다 해도 적대계층으로 분류되어 숙청 대상이야. 그리고 우리가 왜, 자네들 이름을 공개하지 않는 줄 알아? 북에 있는 자네들 친지와 친척들 보호 차원에서 그러는 거야. 알게 되면 죄다 숙청당할 테니까. 창욱의 말이 끝날 때까지 대원들은 숟가락질을 멈추고 있었다. 사이사이 선풍기 회전하는 소리가 유난히 크게 들렸다. 잠시 뒤, 밥상 앞에서, 그것도 진수성찬 앞에서 너무 무거운 분위기로 몰고가는 게 아닌가, 생각한 창욱은 그들의 눈을 텔레비전 쪽으로 돌리고자 했다. 화면 속에는 짧은 치마를 입은 쇼걸들이 춤을 추고 있었다. 그래, 내가 너희들 장가보내준다. 조렇게 예쁜 색시들한테 말이야. 대원들의 눈동자가 창욱의 손가락 쪽으로 쏠렸다. 화면에는 늘씬한 다리들이 클로즈업되고 있었다. 다들 한목소리를 냈다. 고맙습네다! 전무님! 대원들은 사석에서 창욱을 대장이라 부르지 않고 전무라 불렀다.

그날 밤, 창욱은 수첩에다 적었다.

: D-52. 홍어회 등, 남쪽 음식을 매우 좋아한다. 환심을 살 만한 게 어디 또 없을까?

태형은 침상을 빠져나와 변소를 찾았다. 많은 것들이 스쳐 지나갔다. 망막에 진한 잔상을 남긴 것들. 흰 쌀알들을 따라 종종걸음을 치던 비둘기 떼, 요릿집 아가씨들, 산해진미들. 낮에 창욱이 준 담배를 한 개비 물었다. 힘차게 빨자 끝이 빨갛게 달아올랐다. 반 평도 안 되는 변소는 이내 연기로 가득 찼다. 연기가 환기통을 타고 빠르게 빠져나가는 게 보였다. 고향 추평리 때때언덕에서만큼 강한 바람이 불고 있는 모양이었다. 빠져나가는 연기를 보는 순간, 그림 속 초가의 기울어진 굴뚝이 떠올랐다. 류시련이 말을 걸어오지 않았더라면 그림 속 방문을 열었을 것이다. 뉘 들어 있었으면 했을까. 부모? 여동생? 어쩌면……, 차명희? 명희는 태형의 첫사랑이었다. 그녀를 처음 본 날, 태형의 심장은 멎은 듯했다. 그녀는 또래 여자아이들과 '우리 집에 왜 왔니' 놀이를 하고 있었다. 그날 이후 '꽃 찾으러 왔단다, 왔단다.' 그 소절을 잊을 수가 없었다. 그녀는 가꾸지 않아도 스스로 피어나는 생명력 있는 꽃이었건만, 겉으로는 한없이 여리게 보였다. 그날 이후 태형은 수시로 그 꽃을 보러 나섰지만, 꺾질 못했다. 아니, 꺾을 수 있었지만 꺾지 않았다. 마을에 홍수가 났을 때였다. 해일까지 일어 청진항의 배들이 마을 어귀까지 실려 왔다. 집은 죄다 바닷물에 떠밀려가거나 잠겨버려, 마을사람들은 모두 추평리 때때꼭지에 있는 공회당으로 피신했다. 그곳은 5호 담당제의 결정판인 인민재판이 이뤄지던 곳이었다. 당시 그는 스무 살의 촉망받는 청년당원이었고 그녀는 열일곱 살, 반동분자 집안의 처자였다. 그는 그녀를 분소로 데리고 갔다. 그녀의 희디흰 허벅지가 젖은 치마 아래 깊은 골을 만들고 있었다. 태형은 화덕에 나뭇가지 등, 땔감을 넣고 불을 지폈다. 타오르는 불길 앞에서도 그녀는 떨고 있었다. 추위 때문만이 아니란 걸, 태형은 눈치챌 수 있었다.

함경도 요덕엔 1957년부터 강제수용소가 건설되고 있었다. 비옥한 땅엔 많은 주민들이 거주하고 있었지만, 언제부턴가 타지에서 추방당한 사람들이 들어와 살기 시작했다. 1959년 원주민의 강제이주가 시작된 이후에는 정치범을 수용할 태세도 갖췄다. 원주민 강제이주는 중앙당 집중지도사업과 관련이 있었다. 중앙당 집중지도사업이란 1958년 연말에 시작된 것으로, 전주민의 성분과 사상을 조사해 핵심계층, 적대계층, 중간계층으로 분류하는 작업이었다. 적대계층으로 분류되어 숙청된 사람들은 월남자 가족 및 한국전쟁 때 치안대원으로 일한 자와 그 가족, 종교인·지주·기업가·상인·종파분자로 숙청당한 자와 그 가족, 남로당계 잔당과 그 가족, 귀환한 북한군 포로와 그 가족, 일제에 관직을 지낸 자와 그 가족, 실형을 선고받고 복역 중이거나 출소한 자와 그 가족 등, 모두 320만 명에 달했다. '독초는 적시에 제거하고 뿌리째 뽑아버려야 한다. 지난 시기에 우리 인민의 피와 땀을 빨아 살이 찐 착취분자와 종파분자는 무자비하게 숙청해야 하며, 다시는 고개 들 수 없도록 해야 한다.'는 김일성의 교시에 따른 것이었다. 차명희의 경우, 그의 부친이 남로당계 잔당에 해당됐다. 태형은 명희가 요덕으로 끌려간 사실을 뒤늦게 알게 되었다. 정찰국 특수훈련을 받으러 간 사이였다.

평래는 태형이 변소에서 나오길 기다렸다는 듯, 우두커니 팬티 차림으로 복도에 서 있었다. 낮에 비둘기를 보며 생각했다. 차들이 쌩쌩 달리는 행길에 앉아, 쌀알 한 톨이라도 주워 먹으려 나래도 쓰질 않고 종종걸음으로 달구지를 따라가던 것들. 기날 강냉이 밭으로 들어가던 우리도 기랬어. 아니, 비둘기들은 나래라도 달고 있디. 우린 고저 죽음으로 뛰어든 기야. 호랑말코 같은 놈, 조장인 넌 알면서도 의뭉수로 기렇게 시켰고……

우이동
골짜기

구릉, 능선, 개활지……. 지형에 따라 전투방법도 달라야 한다. 창욱은 공수부대에서 훈련복 다섯 벌과 모래주머니 열 개를 구한 뒤, 대원들을 데리고 우이동으로 갔다. 우이동 계곡은 삼각산이 만들어낸 골짜기로, 능선이 고원 형태의 완만한 것에서부터 깎아지른 듯한 절벽까지, 나름대로 갖가지 형태의 지형이 종합적으로 모인 곳이었다. 산악이 중첩된 한반도의 경우 기갑부대의 기동이 어려워 보병에 의한 고지전투가 주가 된다. 6·25 참전 초기, 고지를 오르내리는 데 익숙지 못했던 미군은 그런 연유로 고전을 면치 못했다.

군에선 말을 물가로 데려가는 것으로 끝나지 않는다. 경우에 따라선 물을 직접 마시게 해야 한다. 특수공작에는 합심이 중요한 만큼 단체훈련, 특히 적진에서의 기도비닉, 목표물 기습 등 세트플레이형 훈련이 중요하다. 그들에게 필요한 건 상호 간의 신뢰였다. 하지만 불과 몇 달 전까지만 해도 창욱이 눈에 불을 켜고 잡아들였던 공비들이 아닌가. 그들 또한 남조선 방첩대 군관인 창욱의 목을 무지막지 따려 했던 치들이 아닌가. 훈련은 그들의 전향의지를 은연중에 재확인코자하는 의미도 품고 있었다.

차를 골짜기 입구 느티나무 아래에다 세웠다. 맴맴, 시롱시롱, 온갖 종류의 매미, 박새, 휘파람새, 산까치, 간혹 비명을 지르며 무거운 몸을 허공에다 치올리는 까투리까지. 골짜기는 날개 달린 것들의 천국이었다. 그들은 각자의 음역을 존중했다. 환상의 오케스트라, 깨끗한 공기와 맑은 물을 찬송하는 듯 들렸다. 창욱은 '후이휴' 휘파람새 흉내를 냈다. 이내 새는 '후이휴' 하고 반응을 보였다. 창욱은 때를 놓치지 않았다. 훈련이야. 모든 건 반복이 중요해. 창욱의 말이 끝나기 무섭게 현석이 '후이휴' 소릴 냈다. 꽃을 들여다보기도, 막대기로 나뭇가지를 툭툭 쳐보기도, 심지어 기태의 머리에 꽃을 꽂기도, 현석은 대체 가만히 있질 않았다. 어느새 그의 눈에는 마흔 살 사내의 눈빛이 바래져 있었다. 창욱은 기분이 묘했다. 작전을 위해선 그런 사내가 필요했지만, 인간 김현석을 위해선 그런 사내는 떠났으면 했다. 싱그러운 녹음 아래 다들 기분이 좋았다. 특히 평래가 그랬다. 폐소공포증을 앓고 있는 그는 액자에 둘러싸인 그림을 들여다보는 것마저 꺼렸다. 수용소 복도에 걸린 그림을 자세히 들여다보지 않는 이유였다.

골짜기가 끝나가는 지점에서 다시 능선을 타고 오르니, 편편한 고원이 나왔다. 창욱은 큰 바위 앞에 멈춰 섰다. 바위는 서너 명이 다리를 뻗고 누울 정도로 넓었다. 다들 옷을 갈아입는다. 실시! 태형이 가장 빨랐으며, 평래가 가장 늦었다. 하지만 그 차이는 휘파람새 울음 간격도 안 됐다. 훈련이 안 된 부대는 훈련된 부대 앞에 분쇄되기 마련이다. 오늘부터 나와 함께 지옥 훈련을 시작한다. 알겠나? 다들 '예!' 큰 소리로 답했지만, 그 소리, 갈기갈기 찢겨져 나왔다. 복창소리 봐라, 알겠나? 창욱은 험악스러운 얼굴로 소릴 질렀다. 그제야 '예!' 외마디가 골짜기에 울려 퍼졌다. 자, 넷 다 덤벼. 별안간 창욱이 대련자세를 취했다. 갑작스러운 그의 행동에 다들 놀랐다. 덤벼보란 말이야! 창욱은 주먹을 불끈 쥔 채 격투자세를 취했다. 표정은 진지해 보였으나 쇼처럼 보였다. 덩치가 배 가까이 되는 장정 넷을 상대하겠다. 그것도 북한 특수부대원 출신들을? 현석이 웃으며 답했다. 대장님, 다치심 어쩔라요. 나머지 대원들도 따라 웃었다. 걱정은 내가 해야 할 것 같은데……. 창욱은 대련자세를 흩뜨리지 않았다. 그때, '나부터 이겨보시라요.' 하며 태형이 나섰다. 둘은 겨루기 자세로 들어갔다. 싸움닭 두 마리가 목덜미를 뻣뻣하게 세우곤 발돋움을 하기 직전의 긴장이랄까. 나머지 대원들의 얼굴에 웃음이 가셔 있었다. 얼굴 때리기 없기다. 창욱의 말이 끝나기 무섭게 태형의 오른발이 창욱의 왼쪽 허리를 스치고 지나갔다. '제법인데…….' 창욱은 왼손으로 태형의 발이 닿은 부분을 털었다. 자세를 고친 창욱은 태형을 매섭게 노려봤다. 독수리 눈빛이었지만, 태형은 결코 쉽게 낚여갈 병아리가 아니었다. 삼복 무더위 속에서 다들 숨을 죽였다. 평래는 입을 꼭 다문 채, 마치 자신이 겨루고 있는 듯 양손에 땀을 쥐었다. 태형은 다시 한 번 창욱을 향해 발을 날렸다. 창욱은 뒤로 물러섰다. 태형은 앞차기로 창욱을 몰아갔다. 밀리던 창욱이 순간 비켜나면서 짧게 끊어 차자, '윽' 하며 태형이 배를 움켜쥐었다. 족방술, 일명 와사였다. 와우! 하는 소리와 함께 박수소리가 터져 나왔다. 박수소리는 예상외라는 듯, 크고도 길었다. 봐준 거 아냐? 창욱은 손을 내밀어 태형을 일으켰다. 아넙네다, 정말 대단하십네다. 그럼 다음 사람 나와! 창욱은 기세등 등했다. 모두 기태에게 눈을 돌렸다. 아, 안 될 것 같슴메, 상대 가 싸이 강성이야⋯⋯. 기태가 현석의 팔을 뿌리치며 말했다. 자네들 모두 기태 편이지. 기태를 응원해. 창욱의 말에 '기태! 기 태!' 소리가 골짜기에 울려 퍼졌다. 기태가 겨루기 자세를 취하 자 창욱은 두 팔을 내렸다. 마음껏 공격해보라는 뜻이었다. 무 릎대 돌리기, 돌려차기, 앞차기, 뒤차기, 회축, 발등찍기 등, 피 차간에 온갖 기술이 동원되었다. 창욱이 몰리는 시점이 왔다. 시합은 끝을 보이는 듯했다. 그때, 창욱의 등 뒤로 바위가 나타 났다. 기태는 물러서주었다. 창욱은 고맙다는 표시로 손을 들 어 보였다. 그때 '기태! 기태!' 소리가 '대장님! 대장님!'으로 바뀌 기 시작했다. 짧지 않은 시간이 흘렀다. 꿩 몇 마리, 날아올랐으 며 휘파람새, 노래 한 곡조를 온전히 뽑은 뒤였다. 밀고 밀리는 사이, 마침내 승부가 났다. 창욱의 밭다리후리기가 결정적이었 다. 다시 박수가 터졌다. 대장님, 김태봉이보다 셀 것 같슴돠. 현 석이 달려와 창욱의 어깨를 주무르며 말했다. 아니야, 백 군이 져줘서 그렇지⋯⋯. 근데 김태봉이가 누구야. 폭풍군단 최고 수야요. 그래? 언제 한번 겨뤄봤음 좋겠군. 참, 주먹대장, 다 나 았지, 팔⋯⋯? 나뭇등걸에 걸터앉은 평래의 얼굴에는 이제 긴

장이 가셔 있었다. 예, 다 나았습네다. 한번 해볼 테야? 창욱이
웃으며 하는 말에 평래는 '아닙네다. 대장님 싸이 지쳐 보입네
다. 다음에……'라고 말끝을 흐리며 태형을 봤다. 태형은 평래
의 시선을 따갑게 느꼈는지, 눈을 골짜기 아래로 돌렸다. 한여
름 오후의 산 그림자에 더 짙은 녹음이었다. 특공무술이란 거
다. 자네들이 한다는 격술 같은 거지. 한마디로 말하면 실전격
투기야. 태권도, 유도, 가라테, 합기도 등 온갖 무술을 합쳐놓
은 거다. 창욱은 손바닥으로 주먹을 눌렀다. 손가락 마디에서
우두둑, 소리가 났다. 휘파람새가 오랜만에 '후이휴, 후이휴' 소
리를 냈다. 로마의 베제티우스는 말했다. 적보다 전투기술이 모
자란다면 패한다고. 오로지 훈련만이 승리를 보장할 수 있다
고……. 참 자네들 로마가 어디 있는 줄은 아나? 현석이 답했
다. 구라파에 있쉬다. 다른 치들은 '구라파는 또 뭐야' 하는 표
정을 지었다. 맞다, 유럽이다. 로마는 지금 이태리의 수도이기도
하지. 음……, 베제티우스의 말은 곧, 땀을 많이 흘릴수록 피를
적게 흘린다는 뜻이다. 그런 의미에서 다들 모래주머니를 찬다,
실시! 다들 팔 킬로그램 분량의 모래주머니를 양쪽 발목에다
묶었다. 그 무게는 대충 앞으로 그들이 휴대할 총과 실탄 등 개
인장비의 무게와 엇비슷했다.

산 정상으로 향하는 길에 하늘이 검게 변했다. 소나기가 한 차례 지나갈 모양이었다. 훈련은 어떠한 날씨에도 적응할 수 있도록 해야 한다. 전진! 빗속에서 골짜기를 오르내렸다. 옷들이 몸에 달라붙었다. 대원들의 근육이 달라붙은 천 아래에 도드라졌다. 특히 셔츠를 입지 않은 평래와 태형이 그랬다. 가슴과 등짝 근육까지 양각으로 새겨져 있었다. 삼복더위에, 물 먹은 전투화, 모래주머니, 질척이는 산비탈, 진땀 범벅이었건만, 겉으로는 모두 빗물이었다. 소나기는 한 시간가량 이어졌다. 시작 시점에선 창욱이 선두였지만, 후엔 대원들이 번갈아 선두에 나섰다. 같은 길을 열댓 번 더 오르내렸다. 금강산보다 낫지? 창욱은 금강산 아래에 고향을 둔 평래에게 농을 걸었다. 착각할 정돕네다. 평래가 웃으며 답했다. 그 정도야? 창욱은 평래의 머리를 쓰다듬었다. 젖은 머리카락 사이로 전해오는 따스함. 평래는 오랜만에 사람의 피가 주는 온기를 느낄 수가 있었다.

하늘이 개었다. 소나무 사이로 쏟아지는 햇살, 부드럽게 볼을 스쳐가는 바람, 골짜기를 타고 흘러내리는 물소리……. 열 시간 가까이 걸었건만, 다들 표정이 밝았다. 삼각산 중턱에 위치한 삼성암에 다다랐다. 멀리 보이는 서울은 바다 같았다. 푸른 하늘은 수평선, 흰 구름은 파도의 포말. 아래 따닥따닥 붙어 있는 집들은 따개비. 땡그랑. 풍경소리 들려오고 주지도 방을 비웠는지, 암자엔 정적만이 맴돌았다. 아래 개울엔 물이 너무나 맑아 개구리가 살지 않을 듯했다. 그러고 보니 그 누구도 훈련하는 이유나 목적을 묻지 않았다.

그날 밤, 창욱은 수첩에 적었다.
: D-49. 기분 좋다. 폭풍군단 최고수 김태봉이보다 낫단다. 근데 녀석들, 져준 건 아닐까?

⊕

기태는 고무줄 터진 팬티를 부여잡곤 뭔가를 보고 있었다. 그림, 정확히 말하면 상단, 초가 뒤편이었다. 거기엔 원경효과를 위해 뿌연 덧칠만 되어 있을 뿐, 아무것도 그려져 있지 않았다. 동무, 뭘 그래 봅네까? 현석의 말에 기태는 뭔가 저지레를 한 뒤 야단맞을까 봐 불안해하는 철부지 같은 표정을 지었다. 현석은 부드럽게 말했다. 저 집은 누구 집도 아닐꺼요. 기냥 누구 집도 될 것처럼 지어낸 꽝포일 뿐. 그 말에 기태는 '집을 보고 있지 않았음메……' 하고 멋쩍어했다. 현석은 기태 곁

으로 갔다. 그러곤 기태의 눈높이로 그림을 들여다봤다. 희뿌
여니, 아무것도 보이지 않았다. 무시기, 아무것도 없잖아…….
현석이 중얼거리며 두 눈을 기태의 아랫도리로 가져가자, 기태
는 반사적으로 고샅을 오므렸다. 동무도 뒷간 갔다 오는 길이
쉬까? 덕분에 냄새가 덜 쑤악스러웠시다. 담배 연기로 말입네
다. 비로소 기태의 입에서 웃음이 흘러내렸다. 현석 또한 팬티
바람이어서가 아니라, 현석이 그만의 열쇠로 기태의 입에 채워
진 자물통을 열었기 때문이다. 대장한테……, 오늘 진짜배기
로 진 것 맞쉬까? 기럼……, 가짜배기로 지는 것도 있음메? 기
태는 바닥에 주저앉았다. 현석이 따라 앉자, 기태는 무릎을 세
웠다. 팬티 속에서 덜렁거리는 게 보이자, 현석이 킥킥거렸다.
'간나같이…… 동문 불알도 없지비?' 기태가 웃으며 현석의 팔
을 잡고 팬티를 내리려 하자, 현석이 발버둥을 쳤다. 그렇게 둘
은 집게발을 세우며 다투는 두 마리 게처럼 손발질을 하더니,
침묵했다. 침묵 끝에 동시에 말을 뱉어내려 했다. 현석이 기태
에게 먼저 하라 하면 기태가 현석에게 먼저 하라 했다. 그렇게
몇 번 오가다가, 마침내 기태가 입을 열었다. 오늘, 왜 훈련받
았는지 몰갔어……. 기태의 말에 현석은 잠시 생각하더니 답
했다. 우리가 할 수 있는 게 뭐 있겠수까. 총칼 들고 싸우는 게

지. 기태의 눈이 커졌다. 작은 눈동자 속에서 깨알 같은 게 반짝였다. 아니, 꼭 누구하고 싸운다는 기 아니라, 남조선에서 말하는 직업군인, 말하자면 소뱅 같은 거……. 현석의 말끝에 기태의 눈 속 반짝거림이 사라졌다. 실망스럽습네까? 실망은 무시기 실망……. 뭐 바라는 게 있어야지. 기태는 눈을 바닥에 두었다. 바닥엔 네 다리가 있었으며, 자신들도 모르는 사이, 다리 하나씩이 서로의 살 사이에 끼어 있었다. 다시 한 번 웃었다. 이번엔 내 차례이쉬다. 긴데, 동무가 그림 들여다보는 거 처음 보는데……. 초가를 보지 않았다멘 뭘 봤쉬까? 기태는 바닥에서 얼굴을 들지 않고 손가락질을 했다. 집 뒤에 산이 안 보임메? 그 말에 현석은 일어서서 그림 쪽으로 갔다. 아무리 눈을 굴려봐도 산 같은 건 보이지 않았다. 난, 아바이 어마이 얼굴도 모름메. 어릴 때, 머리에 털도 나기 전에 죽었지. 아니 죽었다고 했습메. 아매 젖 물고 잤지. 물론, 빈 젖이었지만……. 기태 또한 일어나 그림 앞으로 갔다. 그가 손가락으로 가리키는 곳은 초가 뒤편, 회색으로 덧칠된 부분이었다. 나, 아매 둘이서 이렇게 멀고도 깊은 산중에서 살았음메. 놀갱이, 토깽이들이 강생이나 달구새끼처럼 뛰노는 곳. 순간 기태의 눈이 축축해졌다. 음, 동무는……, 고향 생각 아이……, 남메? 그 말에 현석의 눈빛도 달라졌다. 또 한 번 마흔 살 사내의 것이 되었다. 안 납네다. 둘은 서로 보지 않으려고, 아니, 서로 얼굴을 보이지 않으려고 애썼다. 마침내 기태가 돌아서자, 현석의 입술이 파르르 떨렸다. '오 마이, 아바이가……, 보고 싶소.' 고여 있던 눈물이 뺨을 타고 내려왔다. 열여덟 아니, 열둘 소년의 눈빛을 띠고 있었다.

2

관뚜껑 뜯는 소리로 우는 새.
우는지 웃는지 알 길 없었지만
소리 나는 곳을 치달으면 그 새, 바람처럼 사라졌다.
'뚜드득, 뚜드득' 울었을까 웃었을까, 그 새.

'여보, 오늘 두루치기 좀 해줘. 넷이여.'

창욱은 아내 진경에게 상을 차려줄 것을 부탁했다. 그날도 그녀는 다른 날처럼 그저 부하들을 데려왔구나 생각했다. 그녀는 임신 일곱 달째로 접어들어 임부복 위로 배가 불룩 솟아 있었다. 애처가인 창욱이었지만, 이처럼 부하들을 데려오는 날엔 그녀는 그저 부엌데기였다. 일곱 살, 여섯 살, 연년생인 어린 남매는 아빠 손님들이 오시는 날엔 더욱 고분고분했다. 하지만 진경은 방과 부엌 사이에 난 쪽문으로 상을 내려놓곤 애들을 데리고 나갔다.

야, 뭣들 해. 고기 많아. 모자라면 더 사오면 돼. 체면 차리지 말고 어서들 들어. 창욱은 젓가락으로 고기를 집어 일일이 밥그릇에 얹어주었다. 다들 황송하게 여겼는지 '괜찮습네다.'를 연발했다. 매운탕 좋아하나? 물고기 말이야. 육고기를 먹고 있는데 뜬금없이 물고기 이야기를 해서일까, 반응이 없었다. 창욱은 두 손을 구부려 양쪽 귀에다 붙이며 '메기 몰라?' 하고 물었다. 가끔 현석은 통역 아닌 통역을 해야만 했다. 지금처럼 '메사기 말이디요. 맛있수다레. 대동강에서도 많이 잡힙네다.'라고 몇 마디 붙이면, 어렵게 들리던 창욱의 말이 쉽게 들렸다. 거기선 어떻게 잡아? 창욱의 물음에 현석은 손짓으로 고기 잡는 시늉을 해 보였다. 그물이나 낚시로도 잡지만 구석으로 몰고선 손으로 잡디요. 고저 손으로 떠, 땅 위로 던져버립네다. 그 말에 창욱의 입이 벌어졌다. 야, 네 손은 그물보다 촘촘하고 비행기보다 빠르구나! 태형과 평래가 동시에 웃음을 터뜨렸지만 평래의 웃음은 이내 그쳤다. 야, 백기태, 너네 고향엔 메기 없나? 이렇게 수염이 기다란 놈 말이야. 창욱은 다시 한 번 손가락을 펴선 뺨 위로 가져갔다. 있스꽈니. 기래도 먹어본 적은 없스꽈니. 웃는다고 웃는 기태의 얼굴이 오히려 메기처럼 보였다. 니네들은? 태형은 고기를 젓가락으로 집었다가 놓으며 답했다. 저는 청진 출신입네다. 고등어, 대구·명태 같은 바다고기를 먹느라,

민물고기는 싸이 못 먹어봤습네다. 강원도 금강 출신인 이 친구 모르갔시오. 이팝으로 밥을 않고 메사리나 빠가사리로 했는지……. 태형은 힐끔힐끔 평래를 훔쳐보며 말했다. 태형의 빈정거림에 평래의 눈에 불이 튀었다. 메기, 빠가사리만 있수까. 산천어, 꺽지, 쏘가리, 산메기, 텡가리, 열목어, 쉬리, 어름치……, 금강산 골짝에 망을 치면 단꺼번에 한 물통 채울 수 있쉬다. 현석이 평래 대신 답했다. 고추장 묻은 입술이 루주가 발린 양 반질거렸다. 그런 현석은 창욱에게 애처롭게 다가왔다. 그럴 때면 그의 눈 속 마흔 살의 사내가 아쉬웠다. 창욱은 술 주전자를 시계 방향으로 몇 번 돌리곤 막걸리를 부었다. 현석이 잔을 올리자, 반만 채워줬다. 고저 량껏, 부으셔도 됩네다만. 현석이 입맛을 다시며 말하자, 다들 웃었다. 그들에게 현석은 녹슬어가는 기계에 치는 윤활유 같았다. 창욱은 이를 악물며 속으로 뇌었다. '열여덟 살……. 미안하다. 하지만 네가 빠져선 안 되겠다.' 창욱은 쪽문을 통해 빈 주전자를 진경에게 건넸다. 잠시 뒤 개 짖는 소리 들리고, 진경이 애들과 함께 주전자를 들고 나가는 게 보였다. 문틈으로 진경이 나갔음을 확인한 창욱은 '지금부터 내가 하는 말, 잘 듣기 바란다.'라며 입을 열었다. 창욱은 담배에 불을 붙인 뒤 세차게 빨았다. 순식간에 재가 기다랗게 매달렸다. 다들 긴장한 나머지 젓가락을 내려놓았다. 재를 털지 않고 창욱은 말을 이어나갔다. 쳐들어간다! 말끝에 창욱은 수류탄을 던져놓곤 폭발을 기다리는 심정으로 대원들을 주시했다. 파르르, 담배가 입술에서 떨었다. 아슬아슬 매달려 있던 필터만큼이나 긴 재가 셔츠 위로 떨어졌다. 대원들의 표정이 뜻밖이었다. 그들 앞에 떨어진 수류탄이 불발탄인가 싶을 정도였다. 아무도 누가, 어디서, 어떻게, 왜를 묻지 않았다. 다만, '언제'를 말해달라는 듯 보였다. 순간 창욱은 '기밀이 누설되었나' 하고 의심했다. 다들 알고 있었나? 아무도 대답치 않았다. 다들 알고 있었냐고? 창욱이 눈알을 부라리자, 태형이 웃으며 답했다. 고저 짐작만 했습네다. 그럴 것 같다는 생각에······. 순식간에 창욱의 얼굴근육이 풀어졌다. 언제였나, 눈치챈 게? 우이동 골짜기에서입네다. 남파 한 달 전 비슷한 훈련을 받았습네다. 태형의 말에 창욱의 입꼬리가 올라갔다. 저는 좀 일찍이야요. 전무님을 두 번째 만나던 날, '눈물 젖은 두만강'을 불러보라 했을 때쉬다. 한강도, 낙동강도 아닌 두만강을 말이야요. 그리고 '다정'이란 요릿집 있잖쉬까. 거기서 해방군 이야기하시면서 우리가 북으로 돌아가면 숙청된다고 하셨을 때······. 창욱은 놀란 표정으로 현석의 머릴 쓰다듬었다. 그래, 정보통이라 달라, 현석

71

인. 그때, 다시 개 짖는 소리 들리고 진경이 애들과 함께 마당으로 들어왔다. 창욱은 진경이 쪽문으로 건네는 주전자를 받아 들곤 건배를 제의했다. 자, 훈련받느라 수고했다. 지금부터는 한 식구다. 모두 승리를 위하여 건배한다. 승리를 위해! 우렁찬 복창소리에 집주인이 마당엘 나왔다가, 다시 들어갔다. 지금으로부터 한 달 보름 뒤다. 각오를 단단히 해야 한다. 창욱은 좌우를 두리번거리다가, 작고 낮은 목소리로 말했다. '이건 내 마누라에게도 비밀이야······.'

창욱은 수첩에다 적었다.

: D-46. 무엇보다 이쪽이 좋다는 걸 확실히 깨닫게 해야 한다. 윤 준장 말대로 술집에 데려가 볼까? 여자애들이나 붙여줘 봐?

밖에서 보는 수용소는 야간공연장 같았다. Y자 철조망은 무대장치 같았으며, 그 너머엔 배우들이, 그 아래엔 관객들이······. 맞다. 그들은 배우가 될 것이었다. 삶이 연극이라 해도 참으로 괴이한 배역. 최초로 북침을 하게 될 대한민국의 국군 역. 두 달 전까지만 해도 북에서 남으로 향했던 총부리, 그 총부릴 이제 남에서 북으로 돌려야만 했다. 난 누구 편인가. 아니, 난 누구인가. 그 돌려질 방향만큼 그들의 가슴은 소용돌이쳤다. 먼저 하나가 부스럭거리며 일어났다. 문을 열고 나가니, 또 하나가 따라 나갔다. 잠시 뒤, 남은 하나가 또 다른 하나를 흔들어 깨웠다. 하지 말라우야. 잠자지 않으니까니. 기태가 돌아누우며 말했다. 동무, 연극하기 없기야요. 동무답지 않게시리……. 현석의 말에 기태는 흠흠, 헛기침을 했다. 그래, 기분이 어쩌쉬까? 뭐 말임메? 잘 알면세리……. 현석이 바짝 다가가 기태의 팔을 당기며 채근했다. 낮에 대장이 한 말, 쳐들어간다는 말……, 말이요. 기태는 '기냥, 기렇지비…….' 하고 답했다. 그 말은 '그게 뭐 대수야'라고 들렸다. 현석은 의외라는 듯 고개를 갸우뚱거리며 다시 물었다. 북으로 간다는데, 아니 우리 고향, 아니 동무 고향이 있는 북조선에 간다는데, 그것도 쳐들어간다는데, 기냥 기렇기만 합네까? 현석은 돌아누워 있는 기태를 돌리려 했다. 기태는 한사코 돌아누우려 들질 않았다. 동무! 시방, 웃고 있쉬까? 현석은 속았다며 씩씩거렸다. 뭔 말을 그렇게 하남. 웃기는……. 현석의 말대로 기태는 웃고 있었다. 어둠 때문에 눈치채질 못했을 뿐이었다.

　잠시 뒤, 또 다른 하나가 씩씩거리며 돌아왔다. 빙신새끼, 주먹만 크지……. 대가릴 내밀어줘도 못 때리면서……. 당나구도 아니고 시팔, 다음번엔 내가 박살내버릴 기야……. 또 다른 하나는 한참 뒤에야. 셋 중 둘이 코를 골기 시작할 즈음 돌아왔다. 화다닥, 모포를 덮더니 소릴 질렀다. 쌍 간나새끼!

적 1개 소대가 공격해온다고 가정했을 때, 표적은 30개가 넘는다. 기관총의 경우에도 표적을 하나하나 제압해야 한다. 30개의 표적은 일정한 간격으로 대형을 갖춰 공격해오는 게 아니기에, 하나하나 제압하는 길밖에 없다. 가까이 다가오는 적 1명에 대해 조준하여 6발을 쏘고, 다음 1명을 조준하여 6발을 쏘는 방법으로 제압하면 30명에 180발이면 충분하다······. 창욱의 말을 지루하게 듣고 있던 태형이 불쑥 끼어들었다. 대장님, 혐의쩍은 게 있습네다. 어드메 공략하는 겝니까? 당연한 질문일 것이건만 처음 하는 것이었다. 모두들 자신의 질문을 태형이 대신했다는 듯 창욱의 입을 주시했다. 창욱은 주춤거리다가 '며칠 뒤 알게 될 거야.' 하곤 즉답을 피했다. 다들 실망하는 눈빛을 보였다. 특히 기태가 그랬다. 고저, 확실한 날짜라도 알고 싶스꽈니……. 기태가 궁금해할 정도면 다른 대원들은 말할 필요가 없었다. 또 한 번 창욱의 입에 눈들이 모였다. 못 들었어? 며칠 뒤 말해주겠다. 알겠나? 창욱의 '알겠나?'는 더 이상 군더더기를 붙이지 말라는 명령어였다. '예!' 복창소리가 크게 메아리쳤다. 창욱은 대원들의 얼굴을 번갈아 보며 말을 이었다. 마구잡이식 사격은 적에게 위협을 줄진 몰라도 살상을 가할 순 없다. 전투 시 표적이 모두 보이는 건 아니다. 표적이 안 보이면 의심나는 곳을 하나하나 제압해야 한다. 의심나는 곳도 정확히 조준 사격해야지, 난사하면 위협 사격은 될지 몰라도 제압은 어렵다. 창욱은 다시 한 번 실탄 낭비를 경계했다. 대원들은 소나무 가지 사이를 뚫는 8월의 햇살덩이에도 눈을 깜박이지 않았다.

불과 몇 달 전까지만 해도 총부리를 거꾸로 돌렸던 자들이 아니었나. 창욱은 무자비한 돌격 구호의 필요성을 느꼈다. 돌격은 기세다. 저돌적으로 돌진해야 하며, 초반 다량의 사격으로 기선을 제압해야 한다. 돌격 시 함성은 적의 사기를 꺾고 아군의 사기를 북돋워준다. 돌격구호는 '박살내자!'다. 복창한다. 박살내자! 골짜기에 '박살내자!' 소리가 울려 퍼졌다. 함성과 함께 돌진하면서 서서쐈를 한다. 돌진 중에도 탄창 교환을 할 수 있어야 한다. 창욱은 '박살내자!' 소리와 함께 탄창을 교환해가며 내달려 보였다. 골짜기는 마치 영화 촬영장 같았다. 감독이 배우들에게 연기를 선보이면, 배우들은 한 동작도 놓치지 않고 흉내 내는. 하지만 그들이 누군가. 연기가 마냥 연기로 보일 수 있을 것이건만, 다들 '박살내자!' 목이 터져라 소릴 지르며 실전인 양 창욱을 흉내 냈다.

6·25 당시 남한군은 수류탄전에서 완패했다. 당시 신병들은 훈련과정에서 투척방법만 교육받았을 뿐, 실제로 수류탄을 던져본 적이 없었기에 안전핀을 뽑고 좌우를 살피다가 부근에 떨어뜨려 아군에 사상자를 낸 경우가 많았다. 심지어 안전핀조차 뽑지 않고 던진 병사도 있었다. 이에 반해 중공군은 중일전쟁 시 일본군과 전투하면서 부족한 화력을 수류탄으로 대신했기에 수류탄전에 익숙했다. 한 손에 방망이 수류탄 세 발을 쥔 채 기폭장치와 연결된 줄을 손가락으로 뽑아 다발로 던지곤 했는데, 그 기술은 가히 놀랄 만한 것이었다.

지금부턴 수류탄 투척 훈련이다. 잘 알다시피 적의 기관총 진지를 제거하는 유효수단 중 하나가 수류탄을 이용한 육박공격이다. 이십 미터 이내로 적에게 접근, 정확하게 던져야 한다. 앞에총 혹은 돌격자세로 이동 중일 땐, 목표가 나타나면 왼손으로 소총을 쥐고 오른손으로 수류탄을 뺀 다음, 소총을 쥔 왼손으로 안전핀을 뽑아 오른손으로 수류탄을 던진다. 중요한 건, 곧장 사격자세로 들어간다는 것이다. 알겠나? '예!' 복창소리에 꿩 한 마리가 푸드득, 날아올랐다. 창욱은 오른손으로 훈련용 수류탄을 잡고 안전핀을 뽑아 던졌다. 막 꿩이 치오른 방향이었다. 다들 창욱을 따라했지만, 태형과 평래는 창욱보다 오히려 노련해 보였다. 각자 1, 3, 5, 7, 9로 번호를 매겨, 그중 1과 3이 한 조가 되고 5와 7이 한 조가 되었다. 3은 언제나 창욱이었고, 1, 5, 7은 유동적이었다. 1이나 5가 수류탄을 투척하면 3이나 7은 사격을 했다. 9는 훈련할 때만 필요했고, 실전에는 임할 수 없었다. 창욱은 이를 비밀로 했다.

공격 중 적진 이삼백 미터 즉, 소총 유효 사정거리에 이르면 사격으로 적을 제압한다. 그 후 지형지물을 이용해 약진, 포복으로 돌격선까지 전진한다. 이때 사격과 기동을 적절히 연결치 못하면 패하기 십상이다. 명심해야 한다. 각개전투는 엎드림이 아니라 일어섬이란 걸. 창욱은 총 쏘는 시늉을 하곤, 곧장 바위 뒤로 숨었다. 그러곤 포복을 개시했다. 바닥엔 작고 큰 돌들이 삐죽 솟아 있었지만, 창욱은 물가에 닿은 악어처럼 유연히 몸을 비틀었다. 벌떡 일어나 총 쏘는 시늉을 하자, 다들 박수를 쳤다. 바람 때문이었지만 박수소리에 나뭇잎이 떠는 것처럼 보였다. 이어 대원들의 재연이 있었다.

할만 해? 창욱의 물음에 다들 '예.' 하고 답했다. 그 '예.'는 지금까지의 '예.'와는 달리 보다 진중하게 들렸다. 훈련은 하루 여덟 시간, 6주 예정이다. 끝나면 도상연습 및 현지답사를 한다. 현지답사란 말에 다들 눈을 반짝였다. 순간 현석은 기태를 훔쳐봤다. 기태는 그림 속 초가 뒤편을 보고 있을 때처럼 꿈쩍하지 않고 있었다. 평래는 눈을 태형에게 돌렸다. 태형은 눈의 초점을 뭔가에 맞추고 있었다. 그 뭔가는 침을 튀기며 말하는 창욱의 입술도 아니었고, 한 줌 솔방울마저 무겁다며 축 늘어져 있는 늙은 소나무도 아니었다. 연녹색 열매들을 달고 있는 또 다른 나무였다. 열매들에 빨간색만 입혀놓으면 수용소 식당 앞 그림 속 그 나무가 될 것 같았다. 태형의 입술 사이로 노랫말이 새어 나왔다. '우리 집에 왜 왔니, 왜 왔니, 꽃 찾으러 왔단다, 왔단다……' 멀리 구름들이 사람 모양을 그려 보였다.

포복으로 가장 빨리 목표에 도달하는 대원에게 담배 한 갑 더 준다. 현석인 빼고. 가뜩이나 큰 현석의 눈망울이 터질 듯 커졌다. 대장님, 저도 어른이여유. 현석이 창욱의 고향 말인 충청도 사투리로 항의하자, 창욱은 북한말로 대꾸했다. 피양(평양)에선 머리에 쇠똥을 붙이고도 어른입네까? 창욱의 말이 끝나기 무섭게 현석이 대꾸했다. 우리 동네선 불알 크기 보고 판단해유. 다들 자지러졌다. 그때, '벗는다, 실시!' 창욱이 심각한 표정으로 외치자, 다들 정말 벗으려 했다. 동작 그만! 대장은 벌써 다 봤다. 현석이 게 제일 크네. 오랜만에 기태까지 목젖을 보이며 웃었다. 그렇습니꺼. 그라마 정말 내 꺼 함 보여줘야겠네예! 경남 가야산 지하당 조직 구축임무를 띠고 남파됐던 태형이었다.

훈련이 끝나갈 때쯤 대원들은 흙으로 옷을 지어 입은 듯했다. 계곡 상류에 올라, 다들 발가벗고 물고기처럼 뛰어들었다. 김현석, 노래 일 발 장전! 창욱이 물장구를 치며 놀고 있는 현석을 향해 소리쳤다. '노오란 샤스 입은 말 없는 그 사내가 어쩐지 나는 좋아, 어쩐지 맘에 들어…….' 태형은 북의 그녀를 떠올렸다. 멀리 구름은 사람 모양을 풀고 있었다. '무슨 꽃을 찾겠니, 찾겠니…….' 그의 입술에서 또 다른 노랫말이 새어 나왔다. 평래도 현석의 얼굴에서 눈을 떼지 않았다. 누구를, 그 무엇을 생각하는지 알 길 없었지만 그의 눈은 초점을 잃어갔다. 기태는 바위에 벌러덩 누워 하늘을 봤다. 말복이 지났건만 해는 기태의 왼뺨에 한 줄 코 그림자를 만들 뿐, 여덟 시간 훈련 뒤에도 여전히 서산에 닿질 않고 있었다.

　창욱은 수첩에다 적었다.
　: D-43. 김현석○. 박태형○. 이평래○. 백기태○. 하지만 사람 속은 알 수 없다…….
　어쨌든 '돌아서 쏘고 달아나면……'이라던 윤필용의 말만은 창욱의 귓바퀴에서 차츰 여려져 갔다.

갈채
다방

군 의장대 행렬에 이어 학생부 밴드가 큰북, 작은북을 치며
요란스레 지나갔다. 청계고가 착공으로 을지로와 퇴계로의 교
통이 차단되어, 창욱은 남대문 쪽으로 핸들을 돌렸다. 목욕부
터 할 참이었다.

탕 안으로 발을 들여 넣는 순간, 살냄새가 진동했다. 앞사람
들의 체취겠지만 몸의 주인이 사라졌을 때 비로소 사람 냄새가
났다. 창욱은 수건을 말아서 기태에게 건네곤 등을 들이댔다.
수건을 받아든 기태는 꿈쩍을 않았다. 보고 있던 태형이 수건
을 말아 쥔 뒤, 창욱의 등을 밀기 시작했다. 기태란 놈, 때 밀어
본 적 없는 모양이야……? 창욱의 말끝이 떨렸다. 태형의 손은

논바닥에 트랙터 지나가듯 등짝에 고랑을 파낼 듯했다. 창욱의 등짝이 순식간에 붉어졌다. 전무님이 수건을 막잡이로 내밀어서 기린지……. 모르지오. 아무럼 내가 먹으라고 수건을 건넸을까? 창욱은 웃으며 몸을 틀었다. 많이 밀어본 솜씬데? 창욱의 말에 태형은 '아닙네다. 고저……' 하며 쑥스러워했다. 누구 때를 밀어줘봤어? 아바이요. 숫골서요. 온 이락 사람들, 여름에 먹 감는 곳입네다. 태형은 창욱의 옆구리 쪽을 밀고 있었다. 창욱은 팔을 높이 올려주었다. 근데, 전무님, 식당 앞 그림 있잖습네까. 빠알간 열매가 탐실히 매달린 나무에다 고저, 여물 썹어 돌리는 누렁 소……. 어디에 있는 그림이라고……? 창욱은 중얼거리는 투로 되물었다. 수용소 식당 말입네다, 문 앞에. 창욱은 웃지 않을 수가 없었다. 겨드랑이 밑을 밀던 태형은 창욱이 간지러워서 웃는 줄 알았다. 야, 임마, 뭐 그렇게 어렵게 설명하냐. 감나무 그림이라면 되지. 창욱의 말에 태형은 깜짝 놀랐다. 무시기, 감나무요? 태형은 청계천 입구에서 얼음과 연탄을 함께 파는 가게를 보고서도 그만큼은 놀라지 않았다. 그래, 감나무. 한 번도 못 본 녀석처럼 말하네. 태형은 무의식중에 뜨거운 물을 바가지로 퍼서 창욱의 등에다 부었다. 창욱은 뜨거워 목을 자라처럼 움츠렸다. 순간, 감나무를 모를 수 있겠다는 생각

이 창욱의 뇌리를 스쳤다. '정말, 감나무를 모르는 걸까?' 창욱
은 뒤돌아서 태형을 봤다. 이름은 들어봤습네다만, 본 적은 없
습네. 창욱은 태형의 말을 믿지 못했다. 비눗방울을 덕지덕
지 단 채 일어나 소리쳤다. 야, 자네들, 감 안 먹어봤어? 냉탕의
현석, 온탕의 평래와 기태, 모두 창욱이 무슨 소릴 하나 하고 눈
만 껌뻑거렸다. 감 몰라? 감? 창욱은 손가락으로 감 모양을 만
들어 보였지만, 현석마저 고갤 저었다. 수수께끼였다. 창욱은
분명 경기, 강원의 전방지역에서 감나무를 봤기 때문이다. 고개
를 가로젓던 창욱은 수건을 감아쥐곤 태형의 등을 밀어주려 했
다. 태형이 극구 사양했지만, 창욱의 고집을 꺾을 수는 없었다.
창욱이 등을 밀려는 순간, 태형은 뭔 말을 하려다가 말았다. 할
말 있어? 창욱은 툇마루에 숨어 좀처럼 나오지 않는 강아지를
어루꾀듯, 태형의 말을 유도했다. 전무넴……. 창욱은 재촉했
다. 그래, 말해봐. 태형은 잠시 뜸을 들인 뒤 다시 입을 열었다.
음……, 우릴 믿습네까? 깜짝 놀랐다. 마음을 들킨 것 같았다.
창욱은 반쯤 머리를 내민 강아지의 목을 완전히 챌 때까지 태
연하기로 했다. 무슨 소리야……? 태형은 어렵게 말을 이었다.
고저……, 몇 달 전까지만 해도……, 호상간……, 총뿌릴……,
겨눴잖습네까. 창욱은 애써 웃었다. 태형이 자신이 할 말을 대

신하고 있다고 생각했다. 다음 말은 그가 하더라도 태형의 말이 될 터였다. 믿지. 아니, 믿어야지. 근데 자넨 날 믿나? 창욱은 애써 낮은 목소릴 냈다. 아시잖습네까……. 뭐 말인가? 창욱은 마침내 강아지의 목덜미를 챌 것 같았다. 북에 돌아가도 일 없단 거……. 전무님 말씀대로 해방군보다 대접 못 받을 겝네다. 무찌르고 돌아오든가, 영광스리 전사하든가 둘 중 하나라야만 하는데……. 기것도 포로가 되문 자총하라 교육받았는데……. 멀쩡히 살아 돌아가서는……. 아이 되잖습네까.

토요일 오후답게 명동은 붐볐다. 눈들이 각자 관심을 두는 곳으로 쏠렸다. 현석은 종종걸음을 짓는 비둘기들, 여학생들, 영화 포스터들. 태형은 짧은 치마를 입은 여인네들. 지나가는 자동차, 특히 세단형 자가용들. 평래는 길거리 행상들, 엄마 손을 잡고 가는 어린애들. 기태는 아무것에도 관심을 보이지 않다가, 지팡이를 짚고 가는 한 노파에게 시선을 줬다. 하지만 모두의 눈을 사로잡은 것이 있었다. 냉차와 계란 아이스케이크. 냉차수레엔 대형 유리병이 자리 잡고 있었으며, 그 속엔 얼음덩어리와 반통짜리 수박이 들어 있었다. 냉차장수는 자전거펌프같은 걸로 연신 차를 길어 올렸는데, 미숫가루를 탔는지 부옇

게 보였다. 드럼통 속에는 계란만 한 금형들이 들어 있었는데, 그 속에다 물을 넣고 돌리면 신기하게도 아이스케이크가 만들어져 나왔다. 대원들의 시선은 한 아가씨가 곁을 지나가자 비로소 옮겨졌다. 저 간나 참따랗다. 현석이 계란 아이스케이크를 빨며 말했다. 태형은 물론이고 평래와 창욱까지 뒤돌아봤건만, 기태만은 건너 성당의 첨탑을 봤다. 막 첨탑 위로 비둘기 떼가 솟구쳤다. 저 간나 한번 꼬드림해볼까이? 창욱은 말릴까 하다가 말았다. 현석은 순식간에 그녀 앞에 섰다. 순정만화에 나오는 여주인공처럼 생긴, 머리를 길게 땋은 소녀였다. 어때, 저런 여자? 현석이 하는 짓을 묵묵히 지켜보던 평래에게 창욱이 물었다. 아니, 물었다기보단 말을 건네기 위해서였다. 빙그레 웃으면 '예' 땅을 내려다보면 '아니오'인 평래는 웃지도, 땅을 보지도 않았다. 잠시 후 현석이 빨간 지갑을 흔들며 돌아왔다. 이 새끼, 링날렸구나. 싸이 단골이 배깃구만, 돌려줘 날래. 태형의 말에 현석이 웃으며 답했다. 기다려보시라요. 하나는 알고 둘은 모르쉬다. 현석은 저만치 가는 아가씨를 향해 뛰었다. 숨을 고른 뒤 그녀의 어깨를 치며 말했다. 저, 혹시 이거 주웠는디, 아가씨 게 아닌지……. 여대생은 긴 머리를 손으로 넘기며 놀라 했다. 현석의 말에는 충청도 억양에, 평양의 것까지 들어 있어, 마치 서

양인이 우리말을 하는 것처럼 들렸다. 아, 고맙습니다. 그녀는 마치 지갑 속에 그녀의 전부가 들어 있었다는 듯 어쩔 줄 몰라 했다. 일행은 멀리서도 일이 잘 풀리고 있음을 알 수 있었다. 마침내 현석이 싱글거리며 창욱에게 다가왔다. 우리 전무님, 이 부근에 갈채다방이라고 있습네까? 현석은 '대장님', '전무님' 앞에 가끔 '우리'를 붙였다. 창욱에게 그 '우리'란 말은 병과 약처럼 들렸다. 그렇다면 불과 몇 십분 전, 태형이 말한 '정말 우릴 믿나요?'의 '우리'는 병인 셈이다. 다음 주에 만나기로 했쉬다. 또 나왔음 조갔쉬다. 현석은 생글거리며 창욱의 표정을 살폈다. 훈련하는 거 봐서…… 창욱은 흐뭇함을 느꼈다. 그 흐뭇함은 또 한 번 '우리'에서 나왔다. 하지만, 낄낄대는 태형을 바라보는 평래의 눈빛을 창욱은 읽지 못했으며, 아름다운 여인들에게조차 관심을 보이지 않는 기태의 눈빛 또한 읽지 못했다. 그 눈빛들에도 '우리'가 존재했을까.

창욱은 수첩에다 적었다.

: D-39. 신기하다. 녀석들은 감도 모른다. 그러고 보면 한반도는 작지 않다. 박태형○. 김현석○. 이평래△, 백기태?

곤뚜껑새

아침저녁으로 선선한 바람이 불어오더니, 우이동 골짜기에
도 가을이 찾아왔다. 창욱은 마른 나뭇가지 하나를 주워 땅바
닥을 끼적였다. 현석은 좌우로 머리를 돌려가며 살폈지만 무슨
그림인지 알 수 없었다. 다만 뒤의 것은 숫자였다. 창욱은 '27'
의 7 뒤꽁무니를 길게 긋곤 고개를 들었다. 하늘은 가없었다.
아니, 막혀 있었다. 다른 색을 허락지 않을 짙푸름으로. 창욱은
-3을 적었다. 현석은 다음 숫자가 당연히 24일 것이라 생각했
다. 하지만 창욱은 계산을 끝냈다는 듯 나뭇가지를 던져버리곤
야전삽을 들었다. 그러고는 벌집 찾는 곰처럼 어슬렁거리는 대
원들을 불러 모았다.

사람이 총알을 피하는 것이지, 총알이 사람을 피하는 건 아니다. 다들 얼떨떨해했다. 창욱 또한 뜬금없이 말했다고 생각했는지 좌우로 머릴 흔들었다. 대장님, 뭔 생각을 싸이 깊이 하셨습네까? 창욱은 막 구름을 빠져나온 반달처럼 웃으며 태형의 물음에 또 다른 물음으로 답했다. 롬멜이 누군가? 현석의 입술은 빨갛게 익은 얼굴 속에서도 빨갰다. 사막의 빵새라 불렸던 독일 장군였습네다. 루주를 칠한 듯 붉은 입술 사이로 빠져나오는 저쪽 말은 언제부턴가 오히려 낯설게 들렸다. 맞다. 2차 대전 때의 독일 영웅이다. 롬멜은 '호를 파지 않고 방어선을 치는 건, 바로 적에게 항복하는 것이다.'라고 했다. 총과 삽은 신랑 각시다. 창욱의 말에 삽에 기대어 서 있던 기태가 자세를 바로잡았다. 삽은 항상 총과 함께 휴대해야 한다. 그리고 삽 없이도 호를 팔 수 있어야 한다. 심지어 퍼부어대는 기관총 앞에서도 철모와 손만으로 호를 파야 할 때가 있다. 운 좋게 한 번은 살아남았지만, 두 번은 기대하지 마라. 다들 숙연해졌다. 누구는 달게, 누구는 쓰게, '운 좋게'라는 말을 곱씹었다. 그때, 배경음처럼 뚜드득, 뚜드득, 한 번도 들어본 적 없는 새 울음소리가 들렸다. 소리에 둔각이 진 게, 길고도 투박한 부리를 연상시켰다. 몸을 숨길 만한 지형지물이 없으면, 엎드린 자세에서 머리 쪽의 흙을 파낸 뒤, 파낸 흙을 적 방향으로 쌓는다. 야전삽을 움켜쥔 창욱은 포복자세로 땅을 파기 시작했다. 일 분도 채 안 되어 머리 묻을 구멍이 생겼다. 이렇게 파낸 후, 몸을 움직여 다른 쪽도 판다. 창욱은 몸을 비틀어 오른쪽 어깨와 팔을 위한 공간을 만들었다. 그 또한 일 분이 채 안 걸렸다. 이렇게 사격자세를 취할 수 있다면 급조호는 완성되는 셈이다. 창욱은 다리 방향에 삽을 찔러 흙을 파냈다. 상체를 구부려 팔을 길게 뻗어야만 되는 작업이라, 이번에는 다소 시간이 걸렸다. 마침내 몸의 반 이상이 땅에 묻히기 시작했다. 박수소리가 터져 나왔다. 박수소린 뚜드득, 뚜드득, 그 새 울음과 함께 울렸다. 참호 구축훈련은 생존과 직결된다. 야전삽 작업량에 따라 목숨이 오간다. 방어뿐 아니라 공격 시점에서도 마찬가지다. 삽은 항상 지녀야 한다.

삽질이 시작됐다. 가장 많은 흙을 덜어낸 이는 태형이었으며, 내색하진 않았지만 오른팔이 여전히 불편한 평래는 현석보다도 못했다. 이제, 개인호들을 연결해서 교통호를 만든다. 실시! 모두 자신이 만든 호의 가장자리를 파기 시작했다. 좌측으로부터 태형, 기태, 현석, 평래 순이었으며, 기태가 일등, 평래가 꼴찌였다.

십분간 휴식…… 창욱의 말이 채 떨어지기도 전에 다들 계곡 아래로 치달았다. 골짜기 공기는 열흘 전과 달랐다. 물 먹은 양털처럼 무겁고 축축했던 바람이 새털처럼 가볍게 느껴졌다. 벗고 들어가! 옹기종기 모여서 담배를 태우고 있는 대원들을 향해 창욱은 소리쳤다. '풍덩' 소리 들리고, 한참 동안 '뚜드득' 그 새 소리 들리지 않았다. 나무 그늘 아래 쉬고 있는 창욱에게 현석이 다가갔다. 어깨 주물러드릴까유? 현석은 장난기를 주체하지 못했다. 창욱 또한 지지 않았다. 날래 하라우야. 피곤해 죽갔어. 근데, 그 물방울들은 좀 털어내라우야. 창욱은 오른손으로 왼쪽 어깨를 쳤다. 현석은 손가락들을 그쪽으로 옮겼다. 힘을 주는 순간, 창욱의 입이 벌어졌다. 많이 주물러본 솜씬데……. 아바이 어깨를 주무르곤 했쉬다. 생각 많이 나겠구나. 어쩔 수 없디오. 북으로 보내주면 갈 거냐? 그렇지 않아도 가지 않습네까? 창욱은 몸을 돌렸다. 영영 말이야……. 현석의 눈이 크게 열렸다. 긴 속눈썹이 눈꺼풀에 바싹 붙었다. 입에서 묵은 말들이 쏟아져 나왔다. 좋수다레. 긴데, 어더케 갈 수 있습네까? 순간, 창욱은 나락으로 떨어지는 듯한 느낌을 받았다. 현석은 아차, 실수했다는 생각에 '아니, 싫습네다!' 하곤 앞말들을 주워 담으려 했다. 창욱은 입에서 단내를 느꼈다. 긴장이 풀어졌다, 조여졌다 반복됐다. 왜, 아버지, 어머니 모두 거기에 계시는데……. 이윽고 창욱의 말끝이 떨렸다. 창욱의 눈빛에는 나지막한 말투와는 달리 조바심이 서려 있었으며, 현석의 눈 속에는 어느새 마흔 살의 사내가 자리하고 있었다. 어데메서든 잘 사는 게 효도라 생각합네다. 대장님 말씀대로 통일역군으로 싸이 일해서 통일 되문 만나겠쉬다. 비로소 창욱은 현석의 머릴 쓰다듬을 수 있었다. 여자친구는 없었냐? 내레 겨우 열여덟이쉬다, 당연히 없었지라요. 하하, 기리고 대장님이 당가보내준다 하지 않았습네까? 다시 '뚜드득' 그 새 소리 들리고, 그 새 소릴 덮고도 남을 소리가 들렸다. 안 놔, 이 종간나새끼! 하나가 또 다른 하나의 멱살을 잡고 있는 게 보였다. 태형의 목소리였으니, 또 다른 하나는 평래 아니면 기태일 것이었다. 누구야? 리 평래이쉬다. 현석이 찡그리며 답했다. 멀리 태형과 평래가 투계처럼 팔딱거리는 게 보였다. 올라오라 그래! 현석이 허겁지겁 내려갔다.

군기가 빠졌다. 엎드려뻗쳐! 태형과 평래는 물론이고 기태와 현석도 엎드렸다. 하나 하면 정신, 둘 하면 무장이다. 그렇게 '하나, 정신! 둘, 무장!'을 마흔 번 반복했을 즈음, 평래의 오른팔이 접혔다. 일어서! 창욱의 외침에 모두 일어나 부동자세를 취했다. 좋다. 정식으로 싸우게 해주겠다. 호 속으로 들어간다, 실시! 다들 파놓은 호 속으로 뛰어들었다. 참호격투다. 얼굴은 물론 어떠한 신체부위도 타격하지 못한다. 다들 어리둥절해했다. 호 밖으로 밀려나가는 자는 아웃이다. 아웃이란 말에 또 한 번 어리둥절해했다. 서로가 서로의 적이었다. 눈치를 보던 대원들은 곧 서로에게 달려들었다. 닥치는 대로 밀쳐내다가, 약속이나 한 듯 셋이 하나를 밀어냈다. 제일 먼저 기태가 호 밖으로 튕겨져 나갔다. 태형과 평래는 현석을 서로 자기편으로 만들려고 했다. 눈치 빠른 현석은 어부지리를 취하려 들었다. 밀고 당기던 평래와 태형이 별안간 힘을 합쳐 현석을 밖으로 내몰았다. 둘은 두팔을 뻗은 채, 씨름선수처럼 한참이나 신경전을 벌였다. 평래가 먼저 선수를 쳤다. 태형의 오른쪽 허벅지를 잡는 데 성공했다. 번쩍 들어 내치는가 싶더니 헛딛고 넘어졌다. 넘어진 평래 위로 태형이 덮쳤다. 평래의 몸이 온전히 전해졌다. 땀 냄새, 입 냄새, 심장소리……. 평래는 웃었다. 웃음은 느티나무 가지 사이를 파고든 햇살에 부서졌다. 나지막이 태형이 말했다. 잘난 척하지 말라우야. 더 이상은 못 봐주갔어……. '반동새끼!'란 소리와 함께 주먹이 날아왔다. 태형의 머리가 평래의 주먹질에 돌아가는 걸 본 창욱이 소리쳤다. 야, 이평래, 뭐하는 거야. 주먹질은 안 된다고 했잖아! 평래의 주먹질은 멎었다. 이번엔 태형이 평래를 갈겼다. 난투로 번졌다. 기태와 현석이 호 속으로 뛰어들어 둘을 떼어놓았다. 도대체 뭐하는 짓들이야……. 엎드려뻗쳐! 어떤 경우에도 매질만은 하지 않으려 했건만, 창욱은 결국 야전삽을 움켜쥐었다. 말해봐! 둘 사이 감정 있어? 평래가 먼저 입을 열었다. 아닙네다……. 미리 태형의 입을 막기 위해서였다. 아무것도 아닌데 왜 난리야? 야, 박태형, 말해봐, 어떻게 된 거야? 태형 또한 입을 열지 않았다. 그때, 현석이 끼어들었다. 소 타기하면서레, 건빵내기도 했쉬다. 호상 간에 감정덩이가 남아서 기릴 겁네다. 현석의 말에 창욱이 눈을 부릅떴다. 넌 좀 가만히 있어, 자식아! 언제 너보고 물었어? 현석은 이내 부동자세를 취했다. 다들 엎드려뻗쳐! 빵빵 소리가 땅 다지는 소리처럼 들렸다. 삽과 살, 금속과 근육이 부딪히는 소리. 어쩌면 가까운 시일 내에 또 다른 금속이 그 근육들을 파고들지도 몰랐다. 야, 건빵이 그렇게도 좋아? 알았어, 배 터지게 먹여줄게! 창욱은 마흔의 사내, 현석에게 속는 척했지만, 현석은 창욱이 속는 척함에 또 속는 척했다.

더 갈 곳 없는 우이동 골짜기의 관뚜껑 뜯는 소리로 우는 새. 우는지 웃는지 알 길 없었지만 소리 나는 곳을 치달으면 그 새, 바람처럼 사라졌다. '뚜드득, 뚜드득' 울었을까 웃었을까, 그 새.

창욱은 새벽까지 잠 못 이뤘다.

: D-27. 다들, 철이 없다. 아니, 한계일지도 모른다. 공비들이 었으니, 아니 공비들이니⋯⋯. 진급도 좋고 훈장도 좋지만, 괜히 시작했나? 김현석△, 박태형×, 이평래×, 백기태?

강변엔 코스모스가 흔들리고 있었다. 최초로 만들어진 꽃. 신은 왜 저리도 가냘프게 만들었을까. 꽃들은 꺾이기 위해 존재한다는 듯 누군가의 손아귀를 기다리는 양 보였다. 태형은 한참 동안 코스모스 행렬을 바라봤다. '우리 집에 왜 왔니……. 꽃 찾으러 왔단다…….' 명희 생각이 났다. '무슨 꽃을 찾겠니…….' 입에서 '명희 꽃을 찾겠다…….' 노래가 새어 나왔지만, 정작 그녀에게 아름드리 꽃을 줘본 적은 없었다. 아니, 꽃은 그에게 뭐였나. 늘 배를 곯았던 그에게 꽃은 먹을 것과 못 먹을 것으로만 기억되어 있었다. 까칠한 털 사이에 일이 센티미터 길이의 골짜기, 인중을 만졌다. 씹는 것과 냄새 맡는 것 간의 차이,

언제부터 꽃을 입에서 코로 가져갔을까. 인중의 길이를 시간으로 잰다면 수십만 년이 될지도 몰랐다. 태형은 손을 배 쪽으로 가져갔다. 거의 등짝에 붙어 있지 않았나. 하긴, 꽃을 꽃으로 여긴 적도 있었다. 석 달 전 정선에서의 감꽃. 총을 둘러멘 채 한참 동안 지켜봤던 그 조그마한 사각형 꽃들을 손으로 쓸어 담긴 했지만, 입으로 가져가진 않았다. 차명희의 얼굴이 차창에 그려졌다. 영정사진 한 장이 코스모스 군상 속에 묻혀가는 듯 보였다. 태형의 눈시울이 붉어졌다. 꽃을 꽃이라 생각할 즈음, 더 이상 그녀는 없었다. 손을 차창에 올리곤 꽃 꺾는 시늉을 했다. 차창에 움켜쥔 주먹이 비쳤다. 아래엔 여린 바람에도 물결지는 강물이 흘렀으며, 고깃배들은 갑판을 살점인 양 부비고 있었다. 만선은 꿈으로만 현현한 듯 배 바닥이 말라 있었건만, 황금빛 햇살은 뱃전 위로 가없이 부서졌다.

차는 '영산민물매운탕'이라 적힌 입간판 앞에서 멈췄다. 붉은색 고무대야 안에는 메기, 가물치, 모래무지, 꺽지, 붕어 등 식당 주인이 잡아놓은 온갖 물고기들이 들썩거렸다. 아이구, 이게 누구셔! 그물을 손질하던 주인이 일행을 반겼다. 입구 쪽 천장이 낮아 태형과 평래는 반사적으로 몸을 구부렸지만, 막상 안으로 들어가니 머리 하나만큼의 여유가 있었다. 선 사장, 오늘

뭐가 좋아? 창욱이 주문하는 방식이었다. 그 말에 주인장은 메기는 메기대로, 꺽지는 꺽지대로, 빠가사리는 빠가사리대로 다 좋다고 했다. 창욱이 선 사장이라 부르지만 그의 성씨는 '선우'였다. 그를 아는 이들은 다들 창욱처럼 선 사장이라 불렀다. 어때, 메기탕? 먹어보니 맛있더라구. 창욱은 꿀물로 매운탕을 끓이기라도 하는 양 침을 삼키며 말했다. 메사기탕, 맛있수다레! 현석은 두 손바닥을 머리 위에 붙이곤 앞뒤로 흔들며, 창욱의 말에 곁장구를 쳤다. 다들 한바탕 웃었다. 긴 머리의 소녀가 양은주전자에 막걸리를 담아 왔다. 주전자는 찌그러져 있었지만, 곱게 닦여 있어 서창 햇살에 반짝였다. 별안간 대원들의 눈이 휘둥그레졌다. 찌그러진 주전자 때문이 아니었다. 그것과는 도무지 어울리지 않는 미녀 때문이었다. 모두의 시선이 그녀 쪽으로 쏠렸다. 주전자를 상 위에 내려놓고 주방으로 사라질 때까지, 그녀는 뜨거운 시선을 피할 수가 없었다. 불현듯 창욱의 뇌리를 스쳐가는 게 있었다. 창욱은 기태에게 물었다. 예쁘냐? 기태가 머뭇거리자, 현석이 '싸이 참따랗습네다.' 재빨리 답했다. 태형은 상기된 얼굴을 숨기려고 무작정 사발을 들었다. 야, 빈 잔 들고 뭐 하는 거야? 창욱의 말에 태형은 헛기침을 하며 홱, 주전자를 돌린 뒤 창욱의 잔을 채웠다. 녀석, 술도 마시기 전에 홍당무가 되어버렸구나. 다들 웃었지만, 평래만은 웃지 않았다. 창욱은 혼잣말을 큰 소리로 하는 버릇이 있었다. 허공을 쳐다보며 하는 말은 십중팔구 그랬다. '다들 장가갈 때도 됐지……. 한두 달이면 결판나…….' 창욱은 천장을 올려다본 뒤, 사발을 기울였다. 천장엔 하얀 애자들이 줄지어 전선을 물고 있었다. 그중 하나에서 전선 두 가닥이 삐져나와 있었다. 전선 끝엔 작은 스위치가 달린 소켓이 있었고, 그 속엔 60촉 백열등이 꽂혀 있었다. 창욱은 고갤 숙이고 있는 기태에게 사발을 건넸다. 야, 잘생긴 얼굴 처들어! 기태는 웃었다. 웃을 뿐이었지만 그의 웃음은 말 이상의 의미가 있었다. 방금 지은 웃음은 '고맙습니다. 하지만 난, 잘생기지 않았습니다.'였다. 열린 문으로 선우 사장이 뜰채로 고무대야에서 고기를 건져 올리는 게 보였다. 고기들은 잡히지 않으려고 몸부림쳤다. 몇 마리는 밖으로 튀어나오기까지 했다. 저게 오늘 다 나갈 것이여? 방 안쪽 창욱의 말을 문밖의 선우 사장이 들었다. 아니랑게. 이게 다 나가면 빌딩 사라고. 방금 그물에 걸린 것들이라, 막 풀고 있는 것이제. 이제 들여놔야 쓰겄네……. 선우 사장은 메기 대여섯 마리가 퍼덕이는 뜰채의 손잡이를 한 바퀴 돌렸다. 고기들은 이내 잠잠해졌다. 축 늘어진 뜰채의 나일론 망 밖으로 수염들이 삐져나왔다.

사위는 조용했고, 현석마저 입을 다물었기에 식당은 마치 절간 공양소 같았다. 별안간 현석이 일어나 군데군데 푸른색 페인트가 벗겨진 시멘트 수족관으로 향했다. 고기가 허발나게 많아버려잉! 현석이 선우 사장의 말투를 흉내 내자 정적이 깨졌다. 전라도 사투리는 광주 대학생 데모선동 임무를 띠고 남파됐던 평래도 제법 했다. 좀처럼 웃지 않는 그였건만, 웃음이 터지지 않을 수 없었다. 여긴 강인데, 그것도 한강…… 식당 이름이 산이네요? 태형은 큰 목소리로, 나름대로 남쪽 억양으로 말했다. 그 답을 아리따운 딸이 해주길 바랐지만, 눈치도 없이 아버지가 답했다. 강 자 하나 더 붙여보더라고! 태형은 '영산민물매운탕강?' 하고 '강' 자를 끝에다 붙였다. 농담이라 하기엔 너무나 설렁해서 선우 사장은 그냥 신소리로 받아들였다. 이야기를 듣는 그녀의 표정엔 변화가 없었다. 그런 강도 있냐, 있어? 창욱이 태형의 머리를 쳤다. 태형은 겸연쩍게 웃으며 이번엔 '강영산민물매운탕'이라고 했다. 어쨌든 영산강을 모를 리 없는 현석이 끼어들지 않는 게 신기했다. 영산강입니다……. 마침내 그녀가 답했다. 그 목소리, 간신히 괘종시계의 초침소리를 덮을 정도였지만 다들 놀랐다. 시선이 그녀 쪽으로 쏠리자 그녀, 어찌할 바를 몰랐다. 선우 사장이 밖으로 나가자 창욱이 나지막이 말했다.

집주인이 영산강 출신이야. 고향이 그곳이지…… 고향이란 말에 벙어리처럼 있던 기태가 입을 열었다. 고향이 영산강이멘 전라도 아임메……? 그렇지, 전라도. 그냥, 강자만 뺐지, 고향은 그립고. 그 말에 태형이 의아한 표정으로 되물었다. 왜, '강' 자를 뺐습네까? '영산강식당', 그리 나쁘지 않은데……. 현석이 끼어들었다. 여긴 한강이쉬다. 영산강이라 하문 다들 좋아하겠쉬까? 입구 쪽에서 콩나물을 다듬고 있던 그녀, '영산강, 영산강' 할 때마다 눈을 반짝였다. 그녀를 안주 삼아 술을 마시는 태형과 눈이 마주치자, 그녀의 볼이 능금빛으로 달아올랐다. 평래는 안 보는 척, 그녀를 힐끔 쳐다봤다. 두 사람의 시선을 따갑게 느끼던 그녀, 마침내 지나가는 버스를 핑계 삼아 창 쪽으로 눈을 돌렸다. 밖에는 땅거미가 깔리고 있었다. 선우 사장은 막걸리 주전자 하나를 더 내려놓고 돌아가는 길에 불을 켰다. 60촉 전구 하나로 방 안이 환해지고, 천장의 애자들이 흰 몸을 드러냈다. 줄지어 서 있는 모양새가 창욱의 눈에는 대원들처럼 보였다. 거미줄 한 가닥이 전구와 마지막 애자 사이에 늘어져 있었다. 가느다란, 또 다른 전선처럼 보였지만 그 속에는 전기보다 더 따뜻한 온기가 흐를 것 같았다. 창욱은 기태에게 물었다. 어때, 술맛이? 기태는 머리를 긁적이며 답했다. 맛있스꽈니. 고저 밥 대신 술 먹었으면 합네다. 이 군은? 창욱은 젓가락을 내려놓은 지 한참 되어 보이는 평래에게 물었다. 평래는 '맛있습네다.' 엉겁결에 답했지만 그 말은 맛있으니, 더 이상 말 시키지 말아달라는 듯 들렸다. 현석이도 한잔해. 머리에 쇠똥도 벗겨져가니……. 현석은 엄지를 추켜올리며 깔깔거렸다. 창욱은 쉴 새 없이 아가씨에게 눈길을 주고 있는 태형을 보며 말했다. 예쁘냐? 태형은 고개를 끄덕였다. 그때, 현석이 손을 둥글게 말아 창욱의 귀에 가져갔다. 전무넴, 지난날 명동에서 본 간나보다 참따랗쉬다. 크고 둥근 눈에, 오똑한 콧날, 도톰한 입술, 석류 같은 볼에, 긴 머리. 아……, 최곱네다. 열린 창으로 바람이 불어들자 그녀, 두 손으로 머리카락을 모은 뒤 입에 물고 있던 고무줄로 칭칭 감았다. 순간 그녀의 목이 드러났다. 그 목은 태형으로 하여금 노루 목을 닮아 '놀가지 간나'라 불리던 명희를 떠올리게 했다. 평래 또한 마찬가지였다. 다만 못 볼 것을 봤다는 양, 고개를 창 쪽으로 돌렸다. 강 저편으로부터 어둠을 뚫고 조각배 하나가 밀려오고 있었다. 전무님, 아가씨 이름이 뭡네까? 태형이 묻자 창욱은 '알지만 안 가르쳐줄 거야, 직접 물어봐!' 큰소릴 질렀다. 태형은 막걸리 사발을 단숨에 들이켰다. 잔을 채우기 위해 주전자를 흔들었지만 술이 없었다. 태형은 주전자를 툭툭 쳤다. 야, 주전자를 때린다고 없는 술이 나오냐? 뭐해, 더 시키지 않고……. 창욱의 말에 태형은 음, 음, 헛기침을 한 뒤 소리쳤다. 아가씨, 여기 술 좀 주실 수 있나요? 현석의 눈이, 아니 모두의 눈이 휘둥그레졌다. 형, 언제 서울말 배웠어? 웃음소리가 천장이 낮은 방을 가득 채웠다. 그녀, 다가와 태형이 건네는 주전자를 받았다. 술이 맛있습니다. 태형의 말에 또 한 번 그녀의 얼굴이 붉어졌다. 평래는 벽에 걸린 달력을 보는 척, 그녀의 뒷모습을 봤다. 달력엔 5, 火, 九月, 1967이라 적혀 있었다. 합이 365장이었을 달력은 하루에 한 장씩 뜯겨져나가 반의 반만 남아 있었다. 가만있을 현석이 아니었다. 형, 눈 돌아가겠어. 순간 평래의 얼굴이 붉다 못해 검게 변했다. 현석의 말에 태형이 고개를 평래 쪽으로 돌렸다. 처음 있는 일이었다. 조금 전까지만 해도 태형은 평래의 시선을 피하느라 급급했었다.

'넓고 넓은 바닷가에 오막살이 집 한 채. 고기 잡는 아버지와 철모르는 딸 있네. 내 사랑아, 내 사랑아, 나의 사랑 클레멘타인…….' 막걸리 세 되가 비워질 즈음, 선우 사장을 위해 부른 창욱의 애창곡이었다. 수족관 물을 갈아주던 선우 사장이 고무호스를 좌우로 흔들며 박자를 맞추었다. 이어 현석이 한 곡 뽑았다. '커피 한잔을 시켜놓고 그대 오기를 기다려봐도……'

내 속을 태우는구려.' 마침내 그녀, 웃었다. 볼우물이 생겼다가 사라졌다. 별안간 태형이 일어났다. 다들 긴장했지만, 태형은 이내 화살 맞은 말처럼 주저앉아버렸다. '허허, 바보.' 창욱이 허탈하게 웃자, 이번엔 현석이 일어났다. 저어기, 누님. 이름이 뭐예요? 현석의 해사한 미소에도 그녀는 답하지 않았다. 저는 김현석이라 합니다. 그쪽은? 그녀, 능금 뺨으로 볼우물만 짓고 있었다. 나, 김현석, 누님 이름을 알기 전에는 못 갑니다. 마침내 지켜보던 창욱이 현석에게 돌아오라고 손짓했다. 그때였다. 등 뒤에서 들려왔다. 은령이에요. 선우은령…….

창욱은 수첩에다 적었다.

: D-22. 오랜만에 취했다. 반전이다. 녀석들이 덕소 매운탕집 계집애를 좋아한다. 뜻밖의 호재, 큰 미끼가 될 것 같다. 윤 준장 말대로 여자 약발이 최고네!

그날 밤, 태형은 잠 못 이뤘다. '사람 마음이란 기러콤 간사한 기로구만. 죄짓는 것 같으스리. 암튼 미안함메. 하긴 세상에 없을 지도 모리는데…….' 평래 또한 잠 못 이뤘다. '하얗고 기다란 목에다가, 고저 그 꽃들을 꿰어 걸어주고 싶다우.' 기태 또

한 잠 못 이뤘다. '아매, 아매, 그리운 내 아매, 싸이 보고 싶스꽈
니……'

3

참으로 이상한 일이다.
한 사람이 자신의 고향을 그리워하지 않는 것이
또 다른 사람에겐 고마운 일이 되다니…….

와치와
발드

태형은 부스스한 얼굴로 식당을 찾았다. 웬일로 기태가 그림을 들여다보고 있었다. 뭔일로 그리도 가차비 보나. 기태는 인상을 쓰며 대꾸했다. 내는 가차비 보면 안 되나? 아니, 안 된다기보단 내가 볼 때마다 멋따기한다며 타남을 줘사서……. 태형은 말끝을 흐리며 기태가 눈여겨본 게 뭘까 하고 그의 눈이 머문 자리를 더듬었다. 고저 본 게야. 동무가 싸이 들여다보기에……, 근데 일 없쓰꽈니. 기레, 일 없슴메. 종이 쪼가리에 색물 뿐이지비. 소, 닭, 감나무……, 전부 거짓부데기야. 갑자기 기태의 눈이 동그래졌다. 감나무? 기레, 감나무. 우린 고저 말로만 들어봤지. 그 나무 북방한계선인가 뭔가 하는 것이 경기 이

108

남이라지 아메. 기태는 다시 한 번 그림 속 감들을 뚫어져라 살폈다. 빨간 열매가 먹음직스럽다기보단 피자박 같아 섬뜩한 느낌이 들었다. 그림으로부터 멀어졌지만, 가슴은 그림 속 초가 뒤편 그만의 산등성이에 살고 있을 토깽이처럼 뛰었다.

태형은 그림 속 문고리를 당기려다 말았다. 아버지, 차명희……. 그 누구든 방문을 열면 큰 슬픔을 안겨줄 것만 같았다.

⊕

야간침투훈련을 위해 다시 우이동을 찾았다. 불과 며칠 사이 찬 기운이 느껴지니, 훈련은 두 계절에 걸쳐 이뤄지는 셈이었다.

기도비닉, 내가 하고자 하는 일을 적이 눈치채지 못하게 하는 건 군사행동의 기본이다. 창욱은 특별대원들을 초빙했다. 와치와 발드, 방첩대 군견들로 두 마리의 셰퍼드였다. 개의 얼굴은 코가 3분의 2를 차지한다. 사람의 후각세포는 5백만 개지만, 개의 것은 2억 2천만 개다. 그야말로 개 코에 비하면 사람 코는 코도 아니다. 창욱은 두 마리 개를 골짜기에 묶어둔 채 은밀히 통과하는 훈련을 계획했다. 취각에 대한 경계와 호흡 조절을 위해서였다. 창욱은 이틀 전부터 대원들에게 금연을 명령했다. 가능한 한 마늘, 김치 등 코를 자극하는 음식도 멀리하라 했다.

'뚜드득, 뚜드득' 관두껑새가 울기 시작한 지 얼마 되지 않아 사위가 어둑해졌다. 창욱은 시계를 들여다봤다. 자판에 'RADO'라고 적힌 예물시계였다. 순간 만삭이 다 되어 가는 아내와 어린 남매가 떠올랐다. '벌써 이렇게 됐나……' 중얼거리곤 시계를 풀어 바지주머니에 넣으며 하늘을 쳐다봤다. 북극성이 보이고 하늘에 길이 열렸다. 저 별을 곧장 따라가면 북이다. 못 돌아올 수도 있다. 만감이 교차했다. 괜한 짓이 아닐까? 개죽음이라면, 처자식은?

1, 3, 5, 7, 9. 이번에도 3을 선두 삼아 V 자 대열로 행군을 시작했다. 늘 그렇듯, 3은 창욱이었다. 십여 분 만에 발드로부터 일백 미터 이격 지점에 도달할 수 있었다. 창욱은 오른손을 뒤로 해, 땅을 누르는 시늉을 했다. 정숙 신호였다. 한 발, 두 발, 십 미터도 못 가서 발드가 짖어버리니, 이백 미터 좌편 대칭점에 위치한 와치까지 짖었다. 메아리가 메아리를 낳아, 양 측면에서 대포를 쏘아 올리는 양 들렸다.

원점에서 다시 시작했다. 목표는 발드 전방 이십 미터를 지나, 와치 전방 이십 미터까지 접근한 뒤, 다시 발드 전방 이십 미터를 통과해 집결지로 돌아오는 것이었다.

창욱은 시계를 봤다. 바늘들은 10과 4를 가리켰다. 여섯 번 시도에 최고 기록이 발드 쪽 삼십 미터, 와치 쪽 사십 미터였다. '마지막이다.'라고 뱉는 그의 얼굴엔 비장함이 서려 있었다. 발드 쪽 목표 지점은 벼락 맞은 느티나무 한 그루가 있는 곳이었으며, 와치 쪽 목표 지점은 와치를 정면으로 두고 오른쪽에 위치한 부처상을 닮은 너럭바위 부근이었다. 그 바위 뒤로 잘 다듬어진 분묘 셋이 있었으며, 와치는 주변의 소나무 군락, 그중에서도 가장 큰 나무 아래 묶여 있었다. 숨을 죽인 채 한 발짝, 한 발짝 옮겼다. 5, 태형을 앞세웠다. 발드 쪽 사십 미터를 무사히 통과했다. 개는 길게 다리를 뻗곤 계곡 쪽을 바라봤다. 느티나무 등걸을 지나려는데, 갑자기 돌멩이 차는 소리가 들렸다. 7, 평래였다. 발드가 사납게 짖었다. 대척점의 와치도 짖었다. 다시 골짜기는 개 짖는 소리로 왕왕거렸다. 평래는 말없이 고개를 떨궜다. 자갈밭을 지날 땐 조심해야지. 창욱은 애써 웃으며 평래의 어깨를 쳤다. 창욱의 웃음에 평래는 그답지 않게 변명을 늘어놓았다. 발을 끌면 안 되겠습네다. 평래는 자격지심에 태형을 봤다. 평래의 시선을 의식한 태형은 골짜기 쪽으로 얼굴을 돌렸다. 괴이한 나뭇등걸 하나가 눈에 들어왔다. 모양새가 곱사처럼 보였지만, 보는 시각에 따라선 절을 올리는 양태로 보였다. 위치상으로 본다면 그 절을 태형이 받고 있는 셈이었다. 태형은 순간 나뭇등걸의 모양새만큼이나 기이한 생각을 했다. 언젠가 평래가 그러지 않을까. 그때, 평래가 무슨 말을 뱉으려다 말았다. 뒤돌아서 있었건만 태형은 그런 느낌을 받았다. 평래가 삼킨 말, 그 속뜻까지.

다음 날은 시작부터가 좋지 않았다. 칠십 미터도 못 가서 발드가 짖었다. 창욱은 대원들에게 입을 열어보라 했다. 담배 태웠나? 낮지만 결연한 창욱의 목소리에 기태는 힘없이 답했다. 언제야? 창욱의 목소리는 더욱 날카롭게 들렸다. 아침밥 멕고 나서쫘니. 순간 창욱의 눈에 칼이 보였다. 간장·막야나 요도 무라마사, 칠지도처럼 세련된 칼이 아니라, 무지막지한 망나니 칼. 네 하나 목숨만이 아냐. 쌍놈의 새끼! 창욱의 뺨 세례에 기태의 머리통이 돌아갔다. 깨끗이 닦고 흙으로 마무리해! 창욱은 배낭에서 칫솔과 치약을 꺼내 던졌다.

기태를 빼고 다시 시작했다. 이번엔 1, 현석이 앞섰다. 발드와의 이격거리 사십 미터를 지나 완전포복자세로 삼십 미터 전방, 목표인 느티나무를 만나려는 순간이었다. 발드는 웅크린 채 골짜기를 보고 있었다. 기회였다. 창욱은 오른손을 들어 전진을 명했다. 다들 거미처럼 땅에 붙어 한 발, 한 팔, 조심스레 옮겼다. 그때, 평래의 소총 개머리판이 바위에 부딪혔다. 다들 땅에다 머릴 박고 숨을 죽였다. 하나, 둘……. 다섯을 셀 때까지도 개는 짖지 않았다. 고개를 들어 전방을 보니, 발드의 머린 여전히 골짜기 쪽을 향해 있었다. 창욱은 오른손을 들었다. 현석이 목표 지점을 돌았다. 이어, 태형, 평래, 창욱 순으로 돌았다. 와치는 발드보다 예민했다. 바람소리에도 귀를 쫑긋거렸다. 포복은 계속됐다. 십 미터 정도 더 가면 골짜기로 접어드는 내리막을 만날 참이었다. 사십 도쯤 되는 가파른 비탈이었다. 바닥엔 굵은 나무뿌리들이 드러나 있었으며, 사이사이 박혀 있는 돌멩이들은 체중을 조금만 실어도 달가닥 소리가 났다. 창욱은 오른손 인지를 올렸다. 현석이 앞장섰다. 다섯 발짝 떼고 숨을 쉬는 5.1 방식으로 통과했다. 현석의 수신호를 확인한 창욱은 태형을 향해 주먹을 쥐었다. 태형은 현석보다 두 배나 빨랐다. 10.1 방식쯤 됐다. 창욱은 오른손으로 가위 모양을 만들어 땅을 찌르는 시늉을 했다. 평래가 창욱 뒤편에 바짝 붙었다. 마침내 끝이 보였다. 창욱이 마의 구릉이라 부르는 곳이었다. 파랑상 구릉이었지만 목표 지점은 개활지였다. 엄폐물이라곤 달을 가리는 구름뿐이었다. 창욱이 선두로 나섰다. 땅과 구분이 안 갈 정도로 납작하게 붙어야만 했다. 이십 미터쯤 전진하는 동안, 달은 다섯 차례 이상 구름 속을 들락거렸다. 기침이 나오려 했다. 창욱은 손으로 입을 틀어막았다. 삼켜버린 기침 때문인지 아랫배가 울렁거렸다. 예상보다 배 이상의 시간이 걸렸다. 현석의 차례였다. 열여덟 청년의 일거수일투족은 북이 그를 남파시킨 이유를 설명하고도 남았다. 포복이 시작되자 도마뱀 한 마리가 기어가는 듯 보였다. 무턱대고 나아가질 않고 지형에 따라 완급을 조절하더니, 도착하자마자 이내 사격자세를 취했다. 태형의 차례가 되었을 때는 마침 와치가 자리를 옮겨주었다. 소나무 군락 안으로 한 발짝 더 들여놓곤, 머리도 반대 방향으로 틀어주었다. 하늘도 돕는 듯, 달이 구름 속으로 들어갔다. 포복을 시작한 지 채 일 분도 안 되어서였다. 태형이 갑자기 연탄불에 구워지는 오징어처럼 다리를 비틀었다. 두 손을 땅바닥에 붙이곤 다리를 X자로 꼬는 것이었다. 달이 구름 밖으로 나오자, 스포트라이트를 받고 있는 행위예술가인 양 보였다. 태형의 다리에 쥐가 난 것이었다. 그런데 사태를 간파하지 못한 평래가 출발해버렸다. 당황한 창욱은 평래에게 정지 신호를 보냈다. 포복에 집중하느라 평래는 신호를 보지 못했다. 와치가 낑낑거렸지만, 짖는 게 아닌 한 계속될 것이었다. 태형은 여전히 다리를 꼰 채 누워 있었다. 잠시 뒤, 와치가 조용해지고 평래는 포복을 이어갔다. 태형의 발과 평래의 머리 사이 간격이 겨우 두 뼘 정도였다. 태형의 쥐가 난 다리를 평래는 머리로 박고 지나갔으며, 평래의 총구는 태형의 가슴에 부딪혔다. 덜거덕거리는 소리 들리고, 와치가 짖었다. 와치가 짖자, 대척점의 발드도 짖었다.

평래는 다리를 절뚝거리며 내려가는 태형의 뒤를 따랐다. 날 타남하는가? 가랑잎이 솔잎더러 바스락거린다 한다데만……. 태형과 평래는 달빛 아래 서로를 노려봤다. 뉘 할 쏘리. 가마솥 밑이 노구솥 밑을 검다 하고 있구멘……. 태형이 멈추자 따라 멈췄다. 간나, 멈춰야 할 땐 안 멈추더니만……. 따라오던 창욱이 앞지르며 말했다. 군견초소 통과가 군인초소 통과보다 몇 배 어려워. 그만하면 잘한 거야!

멀리 지프가 보이고, 그 곁의 기태가 보였다. 자네 옷이 왜 그래? 기태의 훈련복 상의가 진녹색을 띠고 있었다. 빨았스꽈니. 옷의 구겨진 부분이 또렷이 양각을 세워 기태를 달빛 아래 청동상처럼 보이게 했다. 옷을 빨았다구? 몇 시간 전과는 달리 군기가 잔뜩 들어 있었다. 고저, 요 밑 개울서 설렁설렁 했스꽈니.

기가 막혀 창욱은 '허허' 웃었다. 웃음 뒤엔 '몇 번 털면 될 것을, 빨 것까진 없었는데……'란 말이 축약되어 있었다.

작전을 달리하기로 했다. 발드와 와치 중간 지점에 집결지를 두고 1, 3은 와치 쪽으로, 5, 7, 9는 발드 쪽으로 접근한 뒤, 집결지로 돌아오는 것이었다. 5, 7, 9는 시계 방향이 될 것이며, 1, 3은 그 반대 방향이 될 것이었다. 창욱과 현석은 급경사 앞, 목표 지점 칠십 미터 앞까지 쉽게 안착했다. 비탈이 시작됐다. 창욱은 또 한 번 현석을 앞세웠다. 현석은 5.1 방식으로 호흡을 조절했다. 마침내 마의 구릉을 목전에 두고 있었다. 머리를 올린다면 와치와 정면으로 마주칠 수도 있었다. 현석은 인형극의 인형처럼 머리를 조금씩 올렸다. 뒤에서 지켜보던 창욱의 손에 땀이 배었다. 눈높이를 지표에 맞추는 순간, 현석은 머리를 자라처럼 구겨 넣었다. 와치와 정면으로 눈을 마주친 듯해서였다. 현석은 숨을 고른 뒤 다시 고개를 내밀었다. 와치의 자세엔 변함이 없었다. 하지만 개나 사람이나 동일한 시각과 광각을 삼 분 이상 유지하기 힘든 것은 마찬가지다. 창욱은 현석에게 기다려라, 수신호를 보냈다. 그러기를 수차례, 마침내 현석은 마의 구릉에 발을 디딜 수 있었다. 현석은 뺨을 지면에다 붙이고 창욱을 기다렸다. 흐린 날에는 소리가 낮게, 멀리 간다. 이렇게 지독

한 정적 속에선 작은 할딱거림도 삼십 미터는 간다. 창욱은 고개를 십 미터쯤 남겨놓고 깔딱, 숨 고르기에 들어갔다. 앞의 현석은 숫제 머릴 묻고 있었다. 그때, 컹! 하고 와치가 짖었다. 실타인가? 창욱은 와치의 동정을 주시한 뒤, 결론을 내리기로 했다. 발드와 와치, 군견생활 오륙 년 차 베테랑이다. 잡소리에는 짖지 않는다. 그렇다면 왜? 나무 주위를 뱅뱅 돌던 와치는 다리 한쪽을 들고 오줌을 눴다. 소나무 등걸 위로 떨어지는 오줌소리를 현석도 들을 수 있었다. 기회였다. 포복을 재개한 결과 마침내 목표지에 안착할 수 있었다. 창욱 또한 구릉 위로 발을 올리는 데 성공했다. 와치는 제자리에 돌아와 있었지만, 반대 방향을 보고 있었다. 포복을 재개했다. 불과 오륙 미터 앞에 너럭바위가 보였다. 적의 초소라 생각하니 가슴이 두근거렸다. 그때였다. 멀리 3시 방향에서 개 짖는 소리가 들리고, 이어서 이쪽 개마저 짖었다. 전투는 합심이 중요하다. 경기로 치자면 단체경기다. 개인기가 뛰어나다 해도 다른 대원들의 호응이 없으면 패한다. 창욱은 주먹으로 땅을 쳤다. 자신이 얻어낸 페널티킥을 다른 선수가 실축한 것처럼 억울해했다. 저쪽에서 태형과 평래의 목소리가 겹쳐 들렸다. 북한 사투리에, 거리까지 있어 무슨 말인지 알아들을 수가 없었다. 현석마저 모르겠다는 표정을 지었다.

뭐가 문제였어? 창욱의 물음에 태형이 답하려들자, 기태가 끼어들었다. 담배 냄샌 역시 지독한 모양입네다. 개 코도 개 코지만 말입네다……. 창욱은 기태를 노려보며 소리쳤다. 이 새끼야! 그러니까 내가 뭐랬어! 피우면 안 된다고 했잖아! 기태는 다시 한 번 청동상처럼 빳빳이 굳은 자세로 소리쳤다. 시정하겠스꽈니! 창욱이 돌아서자, 평래가 기태에게 가볍게 경례를 올렸다. 태형은 기태를 향해 손을 흔들었다. 미안함과 고마움의 표시였다. 현석은 창욱 곁에 바싹 붙어서 갔다. 그러고는 속삭였다. 내레 리평래와 조를 바꾸는 게 좋겠쉬다. 그 말은 창욱과 평래가 한 조가 되고 태형과 현석이 한 조가 됨을 뜻했다. 그렇지 않으면 태형을 7, 평래를 5로 해 달라고 현석은 부탁했다. 이유를 물으니, 7 표시로 가위를, 5 표시로 주먹 모양을 내고 있으니, 평래가 태형에게 늘 지는 격이라는 것이다. 창욱은 '무슨 뚱딴지같은 소리.' 하고 웃었다.

창욱은 수첩에다 적었다.

: D-20. 철이 없다. 아직도 가위바위보 타령이다. 어쨌든 날 따라다니면 살 수 있다는 믿음을 줘야 한다. 근데, 기태란 놈 정

말 실망이다. 그렇게 담배를 피우지 말라 했건만……. 김현석○,
박태형△, 이평래△, 백기태×.

그날 밤, 기태는 현석에게 왜 담배를 권했냐며 화를 냈다. 현
석은 마흔 살 사내의 눈빛으로 답했다. 한두 까친 괜찮을 줄 알
았쉬다. 그 말에 기태는 현석의 팔을 붙잡곤 소리쳤다. 다시 한
번, 북조선 땅을 밟고 싶어라우!

고향

며칠 전부터 악몽에 시달렸다. 대원들이 한 번도 본 적 없는 괴물로 변한다거나, 총으로 꼭뒤를 쏘고 달아나는 것이었다. 창욱은 한참 잊고 있었던 윤필용의 말을 떠올렸다. '돌아서 쏘고 달아나면……' 하지만 주사위는 던져졌고 강은 건너야 하지 않는가. 배의 튼실함이나 사공의 진정을 믿을 수밖에 없었다.

⊕

1967년 9월 15일, 금요일. 음력 8월 12일. 추석 3일 전. 부여군 은산면 은산리 작은 마을에 지프 두 대가 먼지를 일으키며 도착했다. 두 대 중 '서울 자 8808', 라디에이터 쪽에 검은 별을 달고 있는 회색 지프를 모르는 이는 없었다. 두 대의 차에서 일곱 명이 내렸다. 둘은 방첩대 소속 운전병들이었다.

창욱은 대원들에게 그의 고향집을 보여주고 싶었다. 교감을 위해선 서로의 생각이 이어져야 하고, 생각을 잇기 위해선 함께 하는 체험이 필요했다. 쉽게 떠오른 것이 고향이었다. 거기에다 마지막일지도 모른다는 생각에 선친의 묘소를 살피고자 하는 마음도 있었다.

다들 동네 어귀에서부터 주렁주렁 열매를 달고 있는 나무들을 주시했다. 태형과 평래는 이내 감나무란 걸 눈치챘다. 둘은 불과 몇 달 전 정선에서 있었던 일을 떠올렸다. 공통 체험에서 오는 교감, 하지만 그 교감은 극과 극에서 충돌할 듯 평행선을 그었다. 태형은 총을 땅바닥에다 내려놓곤 손바닥으로 꽃망울을 쓸었다. '꽃 찾으러 왔단다, 왔단다……' 노랫말을 삼키곤 꽃을 실에 꿰어서 차명희의 목, 그 기다란 놀갱이 목에 걸어주는 상상을 했다. 평래 역시 그랬다. 단지 목의 주인이 이렇고 이런 사람이었으면 했을 뿐. 그런데 그 이렇고 이런 사람이 북이 아닌 남에 있을 줄은 꿈에도 몰랐다.

저게 감나뭅네까? 현석이 손가락으로 큰 나무 하나를 가리키며 말했다. 나무는 가지 하나를 담 밖으로 내놓은 채, 길 저편까지 열매를 늘어뜨리고 있었다. 그래. 창욱이 웃으며 답했다. 그럼, 저 무둑한 게 감입네까? 그래. 자네들이 한 번도 못 먹어봤다는 감. 이따가 먹게 될 거야. 현석은 좌우로 머릴 흔들며 중얼거렸다. 긴데, 어찌 붉지 않쉬다. 그림 속 것들은 싸이 붉던데⋯⋯. 창욱은 웃으며 답했다. 종류가 다른 거야. 그건 홍시고, 이건 단감.

창욱은 대원들에게 자신이 태어난 집을 보여주고 싶었다. 주인은 바뀌었지만 집은 옛 모습 그대로였다. '아이구, 이게 뉘신 거⋯⋯.' 집주인은 창욱을 반갑게 맞이했다. 고향에서 그는 인기 만점이었다. 다들 조그만 마을에서 육군 장교가 나왔다고 자랑스러워했다. 집주인은 창욱의 손을 잡고 안으로 들어갔다. 다들 황급히 따라 들어갔지만 태형만은 문밖에서 어슬렁거렸다. 멀찌감치 서서 수용소 식당 앞 그림의 집과 비교하고 있었다. 외양간이 있어 소 한 마리만 머릴 내민다면 엇비슷할 것 같았다. 마당에 들어서자, 그림에서처럼 조그마한 별채가 보였다. 방문 또한 닫혀 있었으며, 댓돌 위에는 꽃신 한 짝이 놓여 있었다. '무슨 꽃을 찾겠니, 찾겠니⋯⋯.' 태형의 입술이 가볍게 떨렸다. 다음 소절은 '명희 꽃을 찾겠다⋯⋯.'일건만, 망설였다.

창욱은 대원들을 데리고 뒷산에 올랐다. 어릴 때 전쟁놀이를 하던 곳. 냇물, 넙적바위, 비탈길…… 오로지 작전만 생각해서 일까. 작은 우이동 골짜기 같건만, 정작 그곳에선 고향 뒷동산을 떠올리지 못했다. 선친의 묘소를 찾았다. 과일 등을 상석 위에 올리고 절을 하자, 엉겁결에 대원들도 따라했다. '마지막일지 모릅니다. 그땐, 저승에서 뵙겠습니다……' 창욱은 술 한 잔 올린 뒤 읊조렸다. 다들 그렇게 한참 엎드려 있었다. 고맙다. 그리고 미안하다. 고마운 건 남의 조상에게 절해줘서이고, 미안한 건 나 혼자 고향에 와서이다. 창욱은 대원들의 손을 차례로 잡았다. 손이 잡힐 때마다 한마디씩 했다. 아닙네다. 되레 저희가 고맙습네다. 태형이었다. 여구메가 내 고향이라멘 좋갔스꽈니. 기태였다. 고맙습네다…… 평래였다. 평래가 말끝을 흐리자 곧장 창욱의 입에서 '뭐가 고마운가?' 대척이 나왔다. 평래는 머뭇거리다가 답했다. 고저, 밖으로 나오게 해주셔서…… 창욱은 평래의 눈을 뚫어져라 보며 물었다. 고향 생각 안 나? 평래는 하늘을 올려다 봤다. 구름 한 조각 없는 하늘은 바다 같았다. 평래의 숨은 한참동안 멎어 있었다. '납네다만……' 하고 입을 열었지만 다음 말을 잇지 못했다. 그때, '우리 대장님 고향이 제 고향이쉬다.' 하고 현석이 끼어들었다. 부여에 온 목적을 한마디로 정리해주는 말이었다. 창욱은 현석의 눈 속 그 마흔 살의 사내를 사랑할 수밖에 없었다. 창욱은 상석 위에 놓인 감들을 하나씩 나눠줬다. 오랜만에 기태의 얼굴도 펴졌다. 그는 말 대신 후루룩 씨만을 뱉어냈다.

배에다 차를 싣고서 백마강을 건넜다. 창욱의 고등학교 동기인 박 아무개가 주암의 한 식당에서 기다리고 있었다. 별산옥의 여주인 김숙자의 별명은 욕대장이었다. 박 아무개를 보자마자 그녀는 대뜸 한 바가지 욕을 씌웠다. 이 자식, 남의 집에서 술 처먹고 우리 집에는 안 오고 말이여. 앞으로 너네 집처럼 여길 다녀. 알았어? 외상도 해줄 텐게⋯⋯. 김숙자의 욕은 그녀의 손맛만큼이나 구수했다. 음식도 음식이지만 많은 사람들이 그녀에게 욕을 얻어먹으러 왔다. 609방첩대장 창욱 역시 예외일 순 없었다. 넌, 자식아, 서울 가더니 영 코빼기도 안 보이냐. 왔다는 소문 들리고 여기 밥 먹으러 안 오면 그땐 죽는 거여. 알았어? 신기했다. 그들의 대장은 욕을 먹고도 좋다고 벙글거렸다. 그녀 입에서 나오는 말만 들으면 분명, 모욕죄 내지 명예훼손죄에 해당될 것이건만, 눈과 귀를 동시에 열어놓으면 그 말은 정겹게만 들렸다.

점심식사 후 낙화암으로 향했다. 삼천궁녀의 절개를 기려 만든 정자, 백화정이 우뚝 서 있었다. 정자의 천장에 새겨진 연꽃 문양이 하도 수려해, 다들 고개가 아프도록 올려다 봤다. 서기 660년, 여기 백제라는 나라가 무너지던 해, 왕을 모시던 삼천 명 궁녀들이 굴욕을 피하고자 이곳 바위에서 강물에 몸을 던졌지. 훗날 그녀들을 꽃으로 비유해서 떨어질 낙, 꽃 화, 바위 암, 낙화암이라 부른 거야. 저기 저 바위를 봐. 색이 붉지? 그녀들의 피라는 전설이 있어. 창욱은 손가락으로 솔개 한 마리가 원을 그리고 있는 절벽의 아랫부분을 가리켰다. 바위 위에서 바라다본 풍경은 아름답다기보다는 아찔했다. 그 시절 꽃다운 여인네들의 마지막 숨결이 느껴지는 듯했다. 현석과 태형은 고개를 숙였으며, 기태와 평래는 소리 없이 흘러가는 강물에 눈길을 묻었다. 그녀들을 추모하기 위해 지은 절이 있다. 고란사라고, 이름은 절 뒤편 암벽에서 나는 고란초에서 따온 거야. 이곳저곳을 가리키느라 창욱의 손가락이 분주했다. 백제 왕들이 이 물을 즐겨 마셨는데, 마실 때마다 삼 년씩 젊어진다는 얘기가 있지. 고란약수임을 증명하는 뜻에서 고란초 잎을 하나씩 띄워서 바쳤어. 창욱의 말에 현석이 한 잔을 더 먹었다. 바위틈에서 솟아오르는 물 한잔에 1원씩 시주를 한 까닭에 약수터 귀퉁이에는 1원짜리 동전들이 수북이 쌓여 있었다. 이제, 현석이 나이 열세 살이네. 넉 잔만 더 마시면 엄마 배 속으로 들어가겠네. 다들 웃었다. 웃음 끝에 댕그랑, 풍경이 울렸다. 저 소리가 바로 고란사 풍경소리야. 부여가 자랑하는 팔경 중 하나지. 그러고 보니 규암나루의 돛단배도 봤고, 내일 유람선 타고 백마강 달빛 보면 팔경 중 삼경은 보게 되는 셈이네.

　창욱은 백화수복 두 병과 오징어, 땅콩, 과일 등 안줏거리를 들곤 대원들과 함께 나루터로 향했다. 강가엔 배 한 척이 묶여 있었다. 물결에 삐거덕거리는 배를 구유에 머리를 박고 있는 말이라 치면, 구유는 비어 있었고 말은 인색히 코를 힝힝거리며 마지막 건초를 추억하는 양했다. 모래사장에 퍼질러 앉았다. 추석을 며칠 앞둔 달은 휘영청 밝았다. 말 그대로 백마강 달밤이었다. 물새 또한 우는 것 같았다. 몇 순배 돌고, 창욱이 별안간 대원들의 손을 잡았다. 숙연한 분위기로 현석까지 눈치를 봤다. 갑작스러운 침묵이 부담스러운지 제각기 몸을 움직여 흐르는 강물을 보거나, 초점 없는 시선을 하늘에다 뒀다. 누군가의 입에서 한숨만 나오면 분위기가 절정에 이를 것 같았다. 묶인 배가 밀려오는 물결에 열댓 번 삐걱거리고, 구름이 달을 반쯤 가릴 무렵, 창욱은 강물소리만 한 크기로 말했다. 자네들 날 쏘고 달아나는 거 아냐……? 그 말 앞에는 많은 말이 생략

되어 있었다. '북으로 쳐들어간다. 자네들과 나, 그렇게만……. 우린 석 달 전까지만 해도 철천지원수였다. 너희들은 넷이고 난 혼자다. 지금으로부터 며칠 뒤, 너희들은 지금의 나처럼 고향 땅을 밟게 될 것이고, 난 지금의 너희들처럼 타향 땅을 밟게 될 것이다.' 다들 웃었다. 웃음에 오히려 창욱이 놀랐다. 잠시 뒤 현석이 머리를 긁적이더니 입을 열었다. 리유는 대장님이 더 잘 아시잖쉬까? 해방군 이야기까지 하셔놓곤……. 창욱은 역시 현석이구나 생각했다. 열여덟 청년의 눈 속, 그 열두 살 소년과 마흔 살의 사내, 둘 다 반가웠다. 고저 고마울 뿐입네다. 우릴 잘 맞아주시니……. 고향 땅이 기럽지 않다 하면 거짓부레기가 되겠습네다만, 내레 고향 생각을 애틋이 하디 않고 있습네다. 고향은 나에겐 아픔이기도 합네다. 태형이었다. 그의 눈동자엔 노란 감꽃 같은 달빛이 초롱거렸다. 쑥스러움에 잇지 못한 말을 현석은 알고 있다는 듯 빙그레 웃었다. 창욱은 태형에게 '고맙네.' 하곤 손을 내밀었다. 괴이하게 들렸다. 한 사람이 고향을 그리워하지 않는 게, 다른 사람에겐 고마운 일이 되다니. 고저 바깥이 좋습네다. 고향이라도 닫힌 곳이라면 싫습네다. 어디로든 날래 떠났으면 합네다. 평래였다. 그는 그저 '바깥이 좋다.'는 말만 줄기차게 했다. 마침내 강 저편에 시선을 두고 있던 기태가 고개를 돌렸다. 고저 고맙스꽈니……. 인간적인 정, 고맙스꽈니……. 가끔 마음에 들디 않게 행동하는 건 대장님관 상관 없습네다. 고저 제 마음속 병이니까니……. 창욱은 귀를 의심했다. '예, 아니오.'로 일관하던 기태에게서 열 마디 이상의 말이 터져 나왔다. 더욱이 고맙다는 말을 두 번씩이나. 몇 마디 보태도 되겠쉬까? 현석이었다. 두 눈이 장난기로 가득 차 있었다. 아, 그래. 우리 막내 한번 말해봐. 대장님, 저는 고저 감이 맛있쉬다. 바늘 하나에 바위만 한 얼음이 깨지듯, 현석의 말 한마디에 두터웠던 긴장이 조각났다. 웃음소리가 강물을 타고 흘렀다. 노래 한 곡조 뽑겠쉬다. 음……, 음……, 백마강 달밤에 물새가 놀고, 잃어버린 옛날이……. 현석이 엉터리 가사로 '꿈꾸는 백마강'을 부르자, 태형이 손뼉을 치며 박자를 맞췄다. 창욱이 '저어라, 사공아. 일엽편주 두둥실……' 이어나가자, 기태와 평래까지 일어나 박수를 쳤다. 말은 그렇게 해도, 다들 고향에 가고 싶지? 참, 북에서도 차례를 지내나? 창욱의 말에 태형이 '예.' 하고 답하더니, 나름대로 차례상에 관해 설명했다. 송편도 빚고……, 햇녹두, 청대콩, 깨 같은 것들을 소로 해서 조개떡도 만들고, 토란탕도 끓이고, 햇버섯, 도라지, 고기 등으로 부귀미를 부치고, 또……, 닭찜도 만듭네다. 태형의 말에 현석이 침을 꼴깍 삼켰다. 그래, 우리도 내일 맛있는 거 먹자. 저기 강 건너 예산이란 곳에 내 친구들이 있어. 둘 다 양조장 사장이야. '다정' 같은 음식점도 있으니, 어디 한번 추석 기분 제대로 내보자고! 현석은 '노란 샤스 입은 사나이'를 열창했다. 태형은 '눈물 젖은 두만강'을 불렀다. 놀랍게도 평래와 기태까지 '신라의 달밤'을 이중창했다.

술병이 바닥을 보일 즈음, 뜬금없이 창욱이 말했다. 나에게 북쪽 노래 하나 가르쳐줘라. 조금 전 '쏘고 달아나는 거 아냐?'라는 말에도 태연했던 그들이건만 놀란 표정, 아니 믿을 수 없다는 표정을 지었다. 아무것이나, 아니, 북쪽 사람들 누구나 부를 수 있는 노래라면 좋겠다. 아냐, 김일성 찬가나 가르쳐줘라. 대원들의 눈은 더 이상 커질 수가 없었다. 아니, 대장님 무시기 일로……? 태형의 물음에 창욱은 '나중에 알게 될 거야.' 하곤 웃어넘겼다. 하지만 아무도 노래를 부르려들지 않았다. 마침내 창욱은 '맞는가 봐.' 하곤 노랠 부르기 시작했다. '장백산 줄기줄기 피어린 자국, 압록강 굽이굽이 피어린 자국', 음……, 다음이 뭐더라? 대원들의 입은 여전히 닫혀 있었다. 『손자병법』에 '지피지기면 백전불태'란 말이 있다. 상대방을 알고 싸우면 필승이란 뜻이다. 곧 북으로 간다. 누구보다 여러분들은 북을 잘 알고 있다. 그게 여러분들과 내가 함께하는 이유다. 말이 끝나기 무섭게 현석이 다음 소절을 이어갔다. '오늘도 자유조선 꽃다발을 위해 력력히 비쳐주는 거룩한 자국……' 태형, 평래, 기태, 모두 따라했다. '그 이름도 빛나는 우리의 장군, 아아 그 이름도 빛나는 김일성 장군……' 못난 지휘관은 천의 적보다 무섭다고 했다. 나, 잘나진 않았지만 못나지도 않았다고 생각한다. 무엇보다 여러분들의 안전과 행복한 삶을 위해 최선을 다할 것이다. 그리고 여러분들에게 대장보다는 형이 되고 싶다. 여기가 바로 여러분들의 고향이다. 말을 끝낸 창욱은 박수를 쳤다. 박수소리가 엇박자로 들려오더니 이내, 우렁찬 소리로 변했다.

예산으로 향했다. 창욱의 고향 친구들인 김 아무개와 박 아무개가 무량사 옆 여관에서 기다리고 있었다. 두 사람 모두 양조장 사장이라, 막걸리 한 말씩을 오토바이에 싣고 왔다. 여관집 여주인 심 씨는 손 크게, 닭장이 휑할 정도로 닭들을 잡았다. 창욱은 대원들의 방에 미리 준비해둔 차례 음식과 막걸리, 단감 한 상자를 넣어주었다.

술이 거하게 취한 상태에서 창욱은 적었다.

: D-11. 순진한 녀석들. 백기태, 이평래 알고 보니 별것 아니

네. 김현석○, 박태형○, 백기태○, 이평래○.

그날 밤, 평래와 태형은 다투질 않았다. 다만, 달이 스러지도록 또 다른 두 그림자, 여관집 뒤뜰 감나무 아래서 꿈틀거렸다.

　수영장에는 머리를 짧게 자른 미군들과 그들의 짝인 듯한 여인들, 그리고 유한마담 서넛뿐이었다. 평래와 태형은 늘씬한 몸매에, 다져진 근육으로 여인네들의 시선을 끌었다. 그중 한 여인이 선글라스를 반쯤 내리고선 태형과 평래의 몸을 훔쳐봤다. 둘은 난생처음 여인들의 시선을 따갑게 느꼈다. 태형은 자신의 몸매를 자랑하듯 어깨를 쭉 폈으나, 평래는 수줍어하며 몸을 움츠렸다. 풀에는 미군 하나가 수영을 하고 있었다. 막, 접영에서 자유형으로 바꾸는 참이었다. 그 동작이 유연하고도 빨라, 나름대로 수영에 자신 있어 하던 창욱도 감탄했다. 지켜보던 현석이 창욱을 보곤 말했다. 제 별명이 대동강 물개였쉬다.

준비운동을 한답시고 제자리에서 폴딱 뛰더니, 팔다리 흔들며 물개 시늉을 냈다. 건너편 여인들도 웃었다. 박 군 별명이 명태라 했지? 창욱의 말에 태형은 머릴 긁으며 답했다. 예, 혜엄은 조금 칩네다. 이 군은 금강산 출신이라, 수영은 좀 그렇지? 평래는 웃기만 했다. 백 군, 자네는 어떤가. 수영 좀 하나? 기태는 '개혜엄 칩네다.' 무뚝뚝하게 짧게 답했지만, 창욱은 '그 개혜엄으로 죽어라, 동해바다를 건넜습네다.' 길게 풀었다. 시합한다. 일등에겐 아리랑 한 갑이다. 창욱이 입으로 '탕!' 하고 내는 소리는 진짜 총소리처럼 크게 들렸다. 개혜엄밖에 못 친다던 기태가 선두로 나섰다. 다음이 태형, 그다음이 대동강 물개라고 큰소리치던 현석. 꼴찌는 총상 후유증으로 여전히 오른팔이 불편한 평래였다. 오십 미터 턴을 하고부터는 태형이 선두로 나섰다. 막 몸이 풀렸다는 듯 양팔을 풍차 돌리듯 했다. 정작 놀라운 이는 평래였다. 현석과 기태를 제친 뒤, 태형과의 거리를 이삼 미터 정도로 줄였다. 결국 일등은 태형이었다. 여기저기서 박수소리가 들려왔다. 휴식을 취하고 있던 미군들도 일등을 한 태형과 투지를 보여준 평래를 위해 맥주병을 높이 들었다. 그때, 현석이 회심에 찬 미소로 말했다. 전무님, 우리 내기 한판 합세다. 뭘 내긴가? 시시하게 건빵내기 같은 건 아니지? 물론 아닙네다.

단, 태형이 형과 하는 걸로 합세다. 지시면 제가 원하는 곳에서 밥 사시는 기야요. 이기면? 현석은 배시시 웃으며 답했다. 기럴 일 없겠디만, 이기시면 특별 사비스를 해드리는 걸로 하지요. 뭔데? 기런 게 있쉬다. 이기시면 알게 될 거야요. 야, 임마, 그래도 구미가 당겨야 힘을 쓰지, 뭔데? 음……, 아무튼 좋은 거야요. 여기 남녀 사람들이 말하는 기똥찬 거야요. 건빵 사이에 멸치 끼운 거? 그건, 또 어떻게 아십네까? 이놈아, 내가 누구냐. 너네들 머리털 수까지 꿰뚫고 있어. 아니야요. 그딴 것하곤 비교가 안 되게 좋은 거쉬다. 그래? 아시면 죽자고 이기시려 들 텐데……. 걱정 마. 그렇지 않아도 목숨 걸 데가 많아. 음……, 엄지누르기이쉬다. 엄지누르기? 예, 두통, 치통, 신경통……, 만병통치약입네다. 알았어. 오늘 엄지누르기든, 엄지발가락누르기든 한번 받아보자꾸나. 창욱은 웃었지만 상대가 태형인지라 만만찮다, 생각했다. 현석이 태형에게 다가가 뭔가 말하자, 태형은 현석에게 주먹을 쥐어 보였다. 탕! 현석은 조금 전 창욱 흉내를 냈다. 그 소린 딱총소리만큼이나 작게 들렸다. 창욱은 재빨리 뛰어들었지만 태형은 현석에게 눈을 깜빡거리곤 한참 뒤에야 출발했다. 거리상으론 이십 미터 정도, 시간상으론 오륙 초 정도였다. 창욱은 혼신을 다해 헤엄치느라 태형이 늦게 출발한 줄도 몰랐다. 오십 미터 지점까지 창욱이 앞서갔다. 키 차이가 십 센티미터 이상 나는 데다, 상대는 청진 앞바다 명태 아닌가. 창욱은 자신이 앞서가고 있다는 사실에 놀랐다. 그러나 태형이 몰아쉬는 숨소리가 갈수록 가까이 들렸다. 십 미터쯤 남겨놓고 한 뭉치 거친 물살이 창욱의 팔뚝을 휘감았다.

⊕

태형의 가슴은 문 앞에서부터 두근거렸지만, 은령이 고무줄로 머릴 묶곤 하던 입구 쪽 자그마한 탁자 위엔 서쪽 창으로 스며든 햇볕 반 바닥만 놓여 있었다. 부엌 옆 작은방에서는 인기척조차 새어 나오지 않았다.

이제 메기도 마지막이랑께. 시월이면 안 잡혀버려. 근데 오늘 아주 큰 놈이 잡혀버렸어. 선우 사장은 기분 좋게 웃으며, 막걸리 주전자와 김치 한 대접, 파전 두 접시를 상 위에 올렸다. 태형은 뜰채를 들고 밖으로 나가려는 선우 사장에게 뭔가 말하려다가 말았다. 현석은 태형이 말하려던 그 '뭔가'를 알고 있다는 듯 빙그레 웃었다. 마침내 태형은 변소엘 간다며 일어섰다. 전무님, 태형이 형 조금 전 변소 다녀오는 걸 봤쉬다. 뭔일로 또 갈까요? 현석이 배시시 웃으며 말했다. 글쎄다, 오줌소태 났나. 근데, 태형이 변소 가는 것이 네놈과 뭔 상관이야? 창욱 또한 모른 척하며 능청을 떨었다. 현석이 평래를 훔쳐보며 '태형이 형이 이 집 아가씨를 좋아하나 봅네다.'라고 하자, 창욱은 '어린 녀석이 모르는 게 없네. 훈련을 그렇게 열심히 하면 훈장을 수십 개도 더 타겠네.' 하곤 현석의 머리에다 군밤을 줬다. 기태까지 웃었건만, 평래는 입 모양조차 바꾸질 않았다. 야, 이 군 이리 와 봐. 창욱은 평래를 자리로 끌어들였다. 평래는 창욱이 건네는 잔을 단숨에 들이키곤 창가로 돌아갔다. 야, 안주로 김치 조각이라도 먹어! 창욱의 외침에도 평래는 빙그레 웃으며 손바닥만 들어 보였다. 태형이 돌아오자 평래만 제외하고 다들 웃었다. 영문을 모르는 태형은 무작정 따라 웃었다. 야, 넌 왜 웃냐? 우린 평래가 아주 재미있는 이야기를 해줘서 웃고 있었는데. 창욱은 평래가 들으라고 큰소릴 냈다. 그 말에도 평래는 웃질 않았다. 참 재미있었어, 우습고……. 어디 태형이에게도 한번 해줘봐. 마침내 평래의 입꼬리가 살짝 올라갔다. 하지만 태형과 눈이 마주치자, 그 인색한 웃음마저 멎었다. 거시기, 충분히 익힌 것잉께, 대충 끓으면 드셔……. 선우 사장이 매운탕 냄비를 놓고 갔다. 수제비까지 들어 있었다. 창욱은 고기와 국물을 국자로 떠서 일일이 나눠줬다. 자식들을 위해 오랜만에 먹거리를 장만해온 애비마냥 '맛있어?' 하고 물었다. 다들 밥그릇을 핥듯 했지만, 태형만은 먹는 둥 마는 둥 했다. 누가 오자 했지, 여기? 능청스럽게 창욱이 물었다. 전무님, 태형이 형, 헤엄 잘 치지 않쉬까? 답으로 현석은 눈을 껌뻑거리며 되물었다. 난 물개와 시합하는 줄 알았어. 창욱 또한 눈을 껌뻑거리며 겉장구를 쳤다. 여기 오자 했으니 망정이지, 딴 곳이었다문 내레 지금쯤, 전무님 어깨를 팍팍 누르고 있을 거야요. 땀을 뻘뻘 흘리며 말이쉬다.

막걸리 주전자 세 통을 비운 뒤, 창욱은 정색을 하며 말했다. 맛있게들 먹었나? '예!' 하고 다들 큰 소리로 답한 뒤, 부동자세를 취했다. 창욱의 어투, 자세, 표정에 따라 반응하는 일종의 조건반사 같은 것이었다. 선우 사장 역시 그랬다. 단골인 창욱을 잘 아는 터라, 그의 표정을 읽고선 자릴 피해주었다. 머리들이 가운데로 모였다. 중앙엔 두레밥상이 있었으며, 그 위엔 조금만 건드려도 소리가 날 것 같은 빈 주전자와 빈 그릇들이 있었다. 창욱은 조심스레 주위를 살핀 뒤 낮은 소리를 냈다. 9월 27일, 수요일. 쳐들어간다. 머리들이 들썩거렸다. 자네 조국은 어딘가? 갑작스러운 창욱의 물음에 태형은 머뭇거리지 않고 '여깁네다!'라고 답했다. 이 군은? 평래는 망설였다. 태형을 따라 하고 싶지 않아서였다. 이평래, 아직도 정신 못 차리나? 창욱이 눈을 부릅떴다. 그때서야 평래는 '예, 대한민국입네다!'라고 소리쳤다. 예상대로 기태는 망설였다. 그 망설임은 진정한 망설임 이건만 창욱은 평소의 어눌함 때문일 거라 생각했다. 기태가 망설이는 동안 서쪽 창틀 위로 나뭇잎 몇 개가 떨어졌다. 그때 현석이 '기태 형 조국도 대한민국이야요.'라고 했다. 말을 해놓곤 야단맞을까 봐, 창욱의 눈치를 봤다. 창욱은 웃었다. 아니, 웃어야 할 것 같았다. 그럼 넌? 현석은 부동자세로 '예, 대한민국입네다!'라고 답했다. 창욱은 현석의 머릴 쓰다듬은 뒤, 다시 기태를 봤다. 기태의 입이 슬며시 열렸다. 헤엄은 왜 친 겁네까? 창욱은 한 방 맞은 느낌이었다. '대한민국입네다.'를 뛰어넘는 '오늘의 말'이 그것도 기태의 입에서 나왔기 때문이다. 창욱은 웃음을, 흐뭇한 웃음을 참았다. 좋은 질문이다. 침투지역에 강이 흐른다. 도강을 위해서다. 자! 우리, 작전 성공을 위해 건배하자!

'필승!' 소리에 식당 문이 열리다 말았다. 모두의 시선이 문쪽으로 쏠렸다. 은령이었다. 연두색 외동옷에 검은색 구두. 구두코 부분엔 나비 모양의 리본이 달려 있었다. 태형의 얼굴이 순식간에 붉어졌다. 평래의 표정엔 변화가 없었으나, 그의 가슴은 휘황했다.

창욱은 수첩에다 적었다.

: D-9. 기태란 놈, 생각보다 괜찮다. 김현석○, 박태형○, 백기태○, 이평래△ .

⊕

태형은 변소를 다녀오다, 팬티 바람으로 바닥에 웅크리고 있는 기태와 마주쳤다. 안 자는 기야? 태형의 물음에 기태는 '쌍, 잠이 오딜 않아.' 하곤 손으로 얼굴을 훑었다. 기래도 자야지. 내일 훈련은 싸이 힘들 텐데. 기래, 자야지. 음……, 몇 시나 됐일까? 한 시쯤 됐일 기야, 통금 사이렌인가가 웽, 울린 지 한 시간쯤 지났으니깐……. 근데, 동무 잠깐만……. 태형은 기태를 데리고 나무벤치로 갔다. 벤치 뒤엔 붉은 글씨로 '대한적십자'라 쓰여 있었다. 저쪽 생각나지비? 갑작스러운 태형의 물음에 기태는 당황했다. 태형은 다시 한 번 물었다. 저쪽 생각 아이 남메? 기태는 '안 나!' 하곤 돌아섰다. 진배기로 안 나는 기야? 태형은 기태의 팔을 끌어당겼다. 안 난다고 말하지 않았나! 태형은 빙그레 웃으며 덧붙였다. 거짓부데기, 다 알고 있는데……. 태형의 말에 기태는 적잖이 놀란 표정을 지었다. 현석이레 고자질했나? 아니라우, 고저 내가 짐작한 기야……. 태형은 담배 한 개비를 뽑아 라이터로 불을 붙인 뒤, 기태에게 건넸다. 담배 연기와 함께 기태의 입에서 한숨보다 깊은 말들이 풀어지기 시작했다. 일 없어……. 생각이 나멘 뭴 해, 뭴 하냐 말야. 누가 보내주간? 기태의 입술에 매달린 담배 까치가 막 알을 깨고 나온 새끼 새처럼 떨었다. 기태 동무, 정신 차려……. 우린 속았어, 속아서 내려온 기야. 동지들 다 죽었어. 살아서 돌아갈 수 없다는 걸 알민서도 우릴 내려보낸 기야. 이미 죽었어야 할 운맹인데, 이렇게 살아 있잖남. 난, 남조선이 좋아. 긴데 동무 진속을 모르갔어. 부여에선 여기 남조선이 고향이라멘 했잖아……. 기태 동무, 그 속곳 있잖슴메. 얇지만 가슴팍까지 따스해오는. 나, 이곳에서 그 속곳을 입고 있는 느낌이야. 동무 마음도 이해해. 애모폰 식구들을 두고 왔으니, 잠 아이 오겠지……. 기태의 숨소리가 갈수록 거칠어져 갔다. 숨소린 마침내 말이 되어 밖으로 튀어나왔다. 하지만 거칠게 들리진 않았다. 태형 동문 전향할 가마리가 아니라 생각했지. 사상무장이 특별히 잘 되어 있다고……. 아바이, 어마이, 거기에다 좋아하는 간나까지도 북조선에 두고 왔다고 들었으니까니. 기리고 이건 절대 현석이가 말한 것 아님메……. 기태의 마지막 말에 태형은 웃어버렸다. 기태 동무, 아니, 나보다 한 살 많으니 형이라 부를게. 형, 우린 모지 젊어. 기껏 스물여섯, 스물일곱이야……. 죽었다 생각하멘, 아깝지 않남? 여긴 뭔가 달라도 달라. 사람들 표정도 기렇고……. 자유란 물속 것들에겐 물이고, 땅위 것들에겐 공기 같은 기야. 북에선 그 물과 공기가 모자랐어. 대장이 작전 성공하멘 우리 삶을 보장해준댔잖아. 당개도 보내주고……. 새라 새 삶을 사는 기야. 받아들이라우. 숙명이야. 내려온 것도 올라가는 것도……. 가만 듣고 있던 기태가 '올라가는 것'이란 말에 입을 열었다. 기래, 바로 그 올라가는 거 때문야. 쌍. 그냥 올라가남? 쳐들어간다잖아. 긴데 아무렇지도 않남? 불과 석 달 전이야. 우린 얘들에게 총부리를, 얘들은 우리에게 총부리를……. 시방 그 총부릴 거꾸로 돌리라는데, 동문 아무렇디도 않남? 기래, 총 들고 북으로 가멘 쉬 방아쇠가 당겨딜 것 같애……? 하긴 어렵디 않겠디. 손구락 하나 까딱하는 기니……. 이번엔 태형이 고개를 떨궜다. 잠시 침묵이 흘렀다. 기태는 손으로 머리

칼을 당기더니 주먹으로 탕탕, 나무벤치를 치고는 다시 말문을 열었다. 기래, 동무 말이 맞아……. 숙명. 하지만 난, 남조선에서 당개갈 생각 없어. 어쨌든 목숨이 붙어 있어 살아야 된다면야 살아야제. 기리고 손구락 하나 까딱하는 거 말야, 나 한번 해볼 끼야. 이건 기냥 하는 말인데……, 내겐 동무가 말하는 애모픈 식구들 없어. 꼬부랑 아매뿐야. 기리고 이것 또한 기냥 하는 말인데……, 그 식당 간나한테 넘 빠지지 말라우야. 간나들은 다 여끼야, 다 여웨란 말야. 제발 홀리지 말았으멘 좋갔어.

태형은 이래저래 잠 못 이뤘다. '손가락 하나 까딱하는 것', 기태가 한 말이 귓전에서 맴돌았다. 작은 소리로 현석이 가르쳐 준 노래를 불렀다. '커피 한잔을 시켜놓고 그대 오기를 기다려봐도 웬일인지 오지를 않네. 내 속을 태우는구려. 팔 분이 지나고 구 분이 와요. 일 분만 있으면 나는 가요……. 나 정말 그대를 사랑해요. 내 속을 태우는구려……, 내 속을 태우는구려.'

눈을 감자 노루 목, 긴 머리의 차명희 위로 선우은령이 겹쳐졌다.

맥심

강원도로 향했다. 적을 보는 훈련. 즉, 견적훈련을 하기 위해서였다.

해가 뜰 무렵 출발했지만 양수리, 양평을 지나 홍천쯤 오자, 해는 정수리 위로 떠올랐다. 차창 밖, 찢어진 밀짚모자를 뒤집어쓴 허수아비는 홀로 뒷걸음질 쳤다. 가을 들판은 풍요로웠으나, 쓸쓸해 보였다. 태형은 풍요만을 느끼고 싶었다. 논둑에 뿌려진 햇살까지 씹으면 오도독, 소리가 날 것 같았다. 화천에 도착했을 때, 해는 산등성이를 목전에 두고 있었다. 가로수 잎맥들도 한층 더 붉은빛을 띠었다.

원동면 날근터에 위치한 아군 7사단 5연대 212GP에서 내려다본 북녘땅은 화평해 보였다. 솟아난 산봉우리들 사이로 굽이쳐 흐르는 강, 망막에도 닿지 않는 끝 모를 계곡들, 한 폭의 수묵화였다.

계곡 사이로 숫자 3 모양의 하천이 눈에 들어왔다. 3자의 허리 부분이 바로 북한강과 금성천이 만나는 지점이었다. 하늘엔 구름이 깔려 있었다. 구름 그림자가 어렴풋이 3자를 덮고 있어, 마치 승천을 앞둔 용틀임처럼 보였다. 3자는 적의 811GP를 품고 있었으며, 3자 바로 우측 지점인 여내골에는 812GP가 있었다. 두 GP 사이로 북한강이 흐르고, 3자에서 2시 방향으로 십여 킬로미터 상단에 목표 지점인 적의 13사단이 있었다. 금성천 도하를 위해선 적의 811GP 통과가 필수였다. 대안과의 이격 거리 삼사백 미터로 최대한 강변 쪽에 붙어야 할 것이었으나, 접안지역이 개활지여서 은폐·엄폐상 많은 문제들이 예상되었다.

불과 석 달 전, 저쪽에서 이쪽을 바라보던 이들이 이쪽에서 저쪽을 본다.

현석은 관광객이 전망대 아래 경치를 바라보듯 했으며, 태형은 꼼꼼히 계곡과 강 물줄기를 훑고 있었다. 평래는 묵묵히 전방만을 주시했으며, 기태는 산 너머, 아니 까마득하니 거의 보이지 않는 곳에다 초점을 뒀다. 기분이 어때? 창욱의 말에 태형이 답했다. 모지 옛이야기 같습네다. 태형의 말에 평래의 눈빛이 날카로워졌다. 이 군은 어때? 평래는 머뭇거리다가, 태형의 눈치를 보며 답했다. 고저 밖으로 나오니 좋습네다. 그 머뭇거림 속엔 '어제 이야기 같습네다.'란 말이 숨어 있었다. 그 '어제'는 태형과의 관계에 관한 한 '오늘'이기도 했다. 백 군은 어때? 기태는 삶은 계란을 통째 삼킨 양, 입을 열지 못했다. 창욱의 표정이 굳어졌다. 다들 급변한 창욱의 표정에 긴장했다. 대장님, 기리니깐 우리가 저쪽 강줄기를 타고 넘어간다는 거 아닙네까? 분위기가 무겁다. 의식한 태형이 말했다. 그래, 금성천이지. 적들을 깨부수려면 저 강을 건너야 한다. 창욱은 오른손 인지로 2시 방향을 가리켰다. 금성천 우측 상단이었다. 손가락 두 마디가 실거리상으로는 십여 킬로미터 이상 될 것이었다. 창욱은 기태가 답할 때까지 기다리겠다는 듯 그에게서 눈을 떼질 않았다. 기태는 북한강을 봤다. 그의 눈길은 강줄기를 타고 한없이 북으로 올랐다. 더 이상 참지 못한 창욱은 기태를 돌려세우려 했다. 그때였다. 나흘 뒤에 간다 했스꽈니? 기태가 돌아서며 말했다. 모두 잠든 새벽녘에 터지는 폭탄인 양 놀랐다. 그래, 나흘 뒤 이 시간쯤, 우린 북에 있을 거다. 기분이 어때? 창욱은 애써 작은 소리를 냈다. 기태는 '까짓 거, 쳐부수러 갑세다.' 하는 표정으로 좋다고 했다. 그때 현석이 '목표는 뭡네까?' 하고 물어왔다. 북괴 제13사단장, 장사청의 모가지를 따러 간다. 아군의 부연대장이 죽었다. 아니, 자식을 포함, 일가족이 몰살당했다. 놈들이 중령을 죽였으니, 우린 놈들의 소장을 죽인다. 그 말에 누구보다 놀란 이가 있었다. 기태였다.

⊕

아이구, 어서 오세요. 전무님!

맥심 김 마담은 여전했다. 한복을 곱게 차려입고선, 얼굴에 온갖 주름을 잡으며 창욱 일행을 맞이했다. 시원한 맥주하고……, 참, 밥도 먹을 거니깐 안주 대신 반찬 좀 가져와. 그리고 방 내놔. 홀에 안 앉을 거야. 창욱은 한껏 단골 티를 냈다. 아니, 여기가 술집이지, 식당입니까? 말은 그렇게 해도 그녀는 밥이든 뭐든 가져다주겠다는 표정을 지었다.

화투점을 본 모양이었다. 국방색 담요 위에 화투장이 네 장씩 짝을 이루고 있었다. 손님이 많을까, 적을까. 신사일까, 불한당일까. 부자일까, 가난뱅이일까. 잘생겼을까, 못생겼을까. 젊었을까, 늙었을까. 말하자면 오늘의 운세 같은 것일 터. 아무튼 창욱 일행이 왔으니, 신사, 잘생겼다, 젊다. 이 셋은 점괘에 나왔어야 했다. 우리 먹을 때까지 잠시 노랫소리 좀 줄이고…… . 창욱의 말에 김 마담은 '다른 손님도 있는데?' 하곤 손가락으로 홀쪽을 가리켰다. 잠깐이면 돼. 우리도 곧 나갈 거야. 네, 알겠습니다. 누구 분부시라고. 근데 애들은 몇? 김 마담은 애써 애교를 부렸다. 입꼬리가 거의 귀에 닿을 듯했다. 창욱은 눈으로 대원들을 훑으며 퉁명스레 답했다. 보면 몰라? 숫자대로…… . 드르륵, 문이 닫히자 창욱은 대원들에게 양말과 웃통을 벗고 최대한 편한 자세를 취하라 했다. 오늘, 기분 좋다. 특히 기태가 힘을 내고 있어 더 그렇다. 그리고 현석이, 제대로 한번 놀아봐라. 열여덟, 쇠똥도 안 벗겨졌지만 오늘부로 널 어른으로 임명한다. 창욱의 말에 현석이 눈을 둥그렇게 뜨며 대꾸했다. 대장님, 뭔소리 하십네까. 벌써부터 어른이었쉬다. 뭔 소리야? 기린 게 있쉬다. 그럼, 오늘 한번 제대로 보여줘 봐.

홀에는 아가씨들이 대기하고 있었다. 다들 윤복희 룩인 미니스커트를 입고서 허벅지를 살짝 드러냈다. 여보시오, 우리 노래 부를 것이여. 거 뭐야, '노란 샤스 입은 사나이' 되나? 창욱의 말에 밴드 마스터가 굽실거리며 '네, 됩니다.'라고 답했다. 그때 현석이 손사래를 치며 '아닙네다. 신곡 준비했쉬다.'라고 했다. 뭔데? '빗속의 여인'이야요. 햐, 그거 어려운 곡인데. 그래, 한번 해봐. 현석은 마이크를 잡고 음음, 테스트를 하더니, '태형 형과 평래 형을 위해 부르겠쉬다.'라고 했다. 태형은 빙그레 웃는 반면, 평래는 한일자 모양의 입을 지켰다. '잊지 못할 빗속의 여인, 그 여인을 잊지 못하네…… 말없이 말없이 걸었네. 잊지 못할……' 창욱은 김 마담과 춤을 췄다. 대원들은 뻘쭘히 바라만 봤다. 야, 뭣들 해! 저런 미인들을 내버려두는 건 예의가 아냐! 창욱은 춤을 추면서 소리쳤다. 그 말에 한 아가씨가 태형을 무대 가운데로 끌어냈다. 태형은 마지못해 끌려갔지만, 얼굴은 웃음으로 만연했다. 이어, 평래와 기태 또한 끌려갔다. 다들 마당 가운데 절구통 같았다. 뭣들 하는 거야? 창욱의 호통에 조금씩 움직이기 시작했지만, 흐느적흐느적, 아리랑을 추는 것 같았다. 현석의 노래가 끝나고 트위스트가 연주됐다. 미니스커트에 하이힐을 신은 아가씨들은 다리를 꼬며 신나게 흔들었다. 그중 어려 보이는 아가씨가 현석에게 다가갔다. 현석은 춤 또한 잘 췄다. 창욱은 모두에게 현석을 따라 해보라 했다. 태형이 조금 나았지만, 마치 배터리 수명이 다 되어가는 디스코 인형 같았다.

태형은 현석을 복도로 불러냈다. 현석은 잠투정하는 아이처럼 투덜거리며 태형을 따라나섰다. 태형은 상의 안주머니에서 피다 만 꽁초를 꺼냈다. 꽁초 끝을 이리저리 눌러서 말랑하게 만든 뒤, 입을 열었다. 기태 형 말야. 병 앓는 거 같디 않음? 현석의 얼굴에서 잠이 달아났다. 물음에 쉬 답하지 못했다. 왜 날래 말 못 하는 기야? 나한테 비밀 있나……? 잘 들어라우. 이건 기태 형만의 문제가 아냐. 우리 모두의 목쉼이 달려 있어, 알간? 현석은 주위를 살피더니 입을 열었다. 형이니끼니 말한다. 믿고 말야. 그럼에도 현석은 뜸을 들였다. 태형은 담배를 입에 물곤 바지주머니에서 라이터를 꺼냈다. 우울증인가……, 싸이 심해. 현석의 말에 태형은 '무시기? 우울증?' 하곤 라이터를 켜려다가 말았다. 대장한테 말해야 하지 않남? 태형의 말에 현석은 한숨을 쉬며 답했다. 이것도 형이니끼니 말한다. 했어……. 언제? 야간훈련 받던 날……. 여웨 같은 놈. 기럼 대장은 기태 형이 기런 걸 벌써 알고 있었단 말이네……. 태형은 꽁초에 불을 붙인 뒤 세차게 빨았다. 기태 형이 우울증은 있디만 작전하는 덴 문제없다고 대장은 생각해. 무엇보다 자기 사람으로 만드

는 데 시간이 걸리는 법이라고 말했어. 기리고……, 기태 형에
관해 뉘기에게도 말하지 말라 했어. 누가? 현석은 태형에게서
꽁초를 빼앗아 한 모금 빨더니, 말을 이었다. 뉘긴 뉘기야, 대장
이지……. 긴데, 형과 평래 형 사이가 더 걱정스럽구먼. 그 말에
태형은 담배를 세차게 빨았다. 꽁초는 인지와 엄지 사이에 숨
어 거의 보이질 않았다. 걱정 말라우야. 그 동무 혼자 기리니깐.
언젠간 지 풀에 꺾일 게야. 기리고 음……, 난, 기태 형이 작전
에 참가 안 했음 좋갔어…….

그날 밤 창욱은 수첩에다 적었다.

: D-5. 계집애들에게 관심을 보이지 않는다. 매운탕집 딸애
때문일까? 백기태가 많이 나아진 듯하다. 김현석○, 박태형○,
이평래○, 백기태○.

마지막 훈련

D-3.

마지막 훈련을 위해 우이동을 찾았다. 아랫마을에서는 밥 짓는 연기가 한가로이 피어올랐다. 평화 속에서 준비하는 전쟁, 전쟁에 대비해야만 누릴 수 있는 평화였다.

훈련지대를 옮겼다. 지형적으로 적의 811GP, 812GP와 유사한 지역을 골랐다. 와치와 발드의 간격도 이백 미터에서 사백 미터로 늘이고 그 사이에 골짜기를 뒀다. 발드는 811GP, 와치는 812GP에 해당하는 셈이었으며, 골짜기는 북한강에 해당하는 셈이었다. 창욱은 대원들의 정신적 무장과 건강상태를 최종적으로 점검하고 싶었다. 묻겠다. 작전에 참가하기 싫거나, 못할 것 같은 사람 있나? 태연히 말했지만, 조마조마한 심정을 숨길 수가 없었다. 다들 눈을 감아라. 눈 감고 생각해라. 그리고 손들어라. 십 초가 지나고 이십 초…… 떨어지는 낙엽 하나에도 창욱은 날카롭게 반응했다. 평래가 오른쪽 팔목을 움직였을 뿐이었건만, 창욱의 손에선 땀이 났다. 마침내 일 분이 지나고, 창욱은 눈에 힘을 주며 말했다. 다들 가고 싶나? '예!' 하는 소리가 골짜기에 울려 퍼졌다. 묻겠다. 여러분의 조국은 어딘가? 대한민국입네다! 묻겠다. 여러분의 적은 누군가? 북괴도당입네다! 어떻게 해야 하는가? 심장에다 총알을 박아야 합네다! 창욱은 흡족한 웃음을 지으며 말을 이어나갔다. 마지막 훈련이다. 해가 두 번 뜨고 두 번 지면, 우린 쳐들어간다. 난, 믿어 의심치 않는다. 여러분들과 함께라면 반드시 승리할 것임을. 최선을 다해주길 바란다. 알겠나? 다시 한 번 '예!' 소리가 골짜기에 쩌렁쩌렁 울렸다. 목표는 적의 진지나 영토를 탈환하는 게 아니다. 인명살상이다. 우리가 지니고 갈 무기, 장비의 양에는 한계가 있다. 무리한 전투, 필요 이상의 전과를 탐내선 안 된다. 무엇보다, 살아서 돌아와야 한다. 복창한다. 필승공작! 임무완수! 개까지 따라 짖으니, '필승공작! 임무완수! 컹컹!' 소리가 밤 골짜기를 가득 메웠다. 작전을 달리한다. 발드나 와치가 짖는다는 건 적에게 발각됐다는 뜻이다. 개가 짖기 시작하는 시점이 바로 공격시점이다. 공격은 사격과 수류탄 투척을 병행한다. 한 조원이 수류탄을 투척할 시, 다른 조원은 엄호사격을 한다. '훈련은 실전처럼, 실전은 훈련처럼'이란 말이 있다. 지금부턴 실전이다. 발드 쪽으로 침투해서 와치 쪽을 돌아 나온다. 발드 전방 오십 미터쯤, 호를 파고 적정을 살핀 뒤, 목표지를 통과, 와치 쪽으로 전진한다. 와치 쪽 역시 전방 오십 미터쯤, 호를 판다. 누차 말하지만, 호를 팔 땐 너무 힘을 줘서 내리치면 안 된다. 작은 돌멩이에도 야전삽은 깽깽거린다. 최대한 손목에 힘을 줘서 삽 끝을 미는 기분으로 판다. 적진에 가까울수록 그래야 한다. 끝으로, 호 속에서 적정을 살핀 뒤, 와치 쪽 목표지를 통과, 왔던 길로 되돌아온다. 창욱은 땅에다 나무막대기로 그림을 그리며 설명했다. 그 모양이 팔다리 하나씩 없는 기형처럼 보였다. 질문 있나? 없습네다! 끝으로, 구호는 뭔가? '박살내자!'입네다! 그래, 박살내자! 모조리 죽여버리자! 그렇지 않으면 모조리 죽는다. 다들, 창욱이 그린 동물 혹은 사람을 밟고 지나갔다. 현석은 다리 부분을, 기태는 몸통 부분을, 평래는 태형이 밟고 간 머리 부분을 한 번 더 밟았다.

초가을이라 낙엽은 많지 않았으나 건조한 탓에 바스락대는 소리가 유난히 크게 나, 최대한 정숙 보행을 해야 했다. 발드 전방 오십 미터 지점에서 창욱은 낮은 포복과 착호 신호를 동시에 보냈다. 각자 위치에서 몸을 비틀어 야전삽을 꽂았다. 삼 분쯤 뒤, '팅' 소리가 고요를 깼다. 현석의 삽이 돌부리에 부딪혀 낸 것이었다. 적의 초병이라면 가만있지 않았을 터, 하지만 개는 짖지 않았다. 발드 쪽 목표지를 무사히 통과한 뒤, 와치 전방 오십 미터 지점쯤 창욱은 또 한 번 착호 신호를 보냈다. 그때, 별안간 와치의 움직임이 부산해졌다. 들켰을까? 사격자세를 취하곤 숨을 죽였다. 고라니나 새 등, 동물의 움직임엔 씩씩거리건만, 개는 마치 익숙한 것과의 만남인 양 꼬리를 흔들어댔다. 초병이라면 교대 병력을 반기는 것쯤 되지 않을까? 어쨌든 일 분여 지났지만 개는 짖지 않았다. 창욱은 포복 재개를 명했다. 목표지인 오목伍木을 십여 미터쯤 남겨두고였다. 굴참나무 다섯 그루가 한 그루인 양 얽혀 있어, 이쪽 나무의 가지인가 살피면 저쪽 나무의 둥치에서 뻗은 것이었다. 창욱은 대원 넷과 자신, 그 나무를 닮았다는 생각을 했다. 아니, 닮아야 할 거라 생각했다.

오목을 지났지만, 개로부터 멀어지는 것도 쉽지가 않았다. 와치와의 이격거리 칠십 미터 정도에서 쉬기로 했다. 조금 전 그 나무, 꼭 우리 모습 같지 않나? 창욱은 기도를 드린 후 막 법당을 빠져나온 사람처럼 말했다. '그 나무 말입네까?' 하고 현석이 팔을 이리저리 비틀어 보였다. 그래, 보이진 않지만 뿌리까지 얽혀 있을 거야. 창욱은 지그시 눈을 감았다. 그의 생각이 온전히 대원들에게 전해지길 바랐다. 맞습네다. 꼭 우릴 닮았습네다. 가운데 것이 대장님이고, 곁에 것들이 우립네다. 태형이 맑게 웃으며 말했다. 평래와 기태의 표정은 달이 밝았음에도 읽히질 않았다.

발드 쪽 삼십 미터 전방에 급경사가 나타났다. 마땅히 잡고 오를 것이 없었다. 낙엽까지 몰려 있어, 발을 디딜 때마다 사그락 소리가 났다. 땅을 애무하듯 나아가는 수밖에 없었다. 마침내 발드의 호흡이 느껴졌다. 터치다운을 앞둔 미식축구 선수들처럼 다들 벅차 있었다. 창욱은 손가락으로 동그랗게 작전 성공 표시를 만들어냈다. 그때였다. '읍' 하는 소리에 발드가 짖었다. 계곡 건너 와치도 짖었다. 다들 '박살내자!'를 외치며 개들을 향해 돌진했다.

누구야? 누구였어? 미안합네다……. 현석이 머릴 감싸며 어쩔 줄 몰라 했다. '읍'이 뭐야. 입덧하는 것 같잖아. 창욱의 말에 다들 웃었다. 재치기를 참느라……, 시정하겠습네다! 어떻게 시정할 건데? 잠 잘 때 이불을 걷어차지 않겠쉬다!

⊕

　곰 훈련시키는 것처럼, 훈련시키라는 말이 있다. 뜨거운 바위 위에 곰을 데려다 놓으면 곰은 발을 교대로 올리게 되고, 이에 맞춰 북을 두들기면 어느 시점에선 북소리에 맞춰 춤을 추게 된다. 이후엔 북소리만 들려줘도 춤을 춘다. 조건반사를 이용하는 것이다. 근 두 달 간의 훈련이 그러했다.

　창욱은 스탠드 불빛 아래 수첩을 폈다. 다른 쪽에 비해 펼쳐진 부분엔 글씨가 빼곡했다. 작전을 위한 화기 및 장비 목록이었다. 《소련제 기관단총(PPS-43) 4정, 동 탄창 16개, 동 실탄 800발(각자 200발), 소련제 토카레프 권총 1정(조장), 탄창 2개, 실탄 30발, 북괴제 수류탄 12발(각자 3발), 북괴제 반탱크 수류탄 3발, 단도, 포승줄 4개(각자 1개), 지도, 나침의 1개(조장), 마취약 및 살포기 1개, 말린 찹쌀 24kg, 고추장 2kg, 엿 31kg, 소금 400g, 비닐주머니, 우의 4개, 담배 18갑, 식기 4개, 고체연료 10일분, 구급약 약간, 바늘, 실 4개》군복은 물론 휴대장비 모두 북쪽의 것을 사용키로 했다. 침투 면에서 유리할 것이고, 발각되더라도 시간을 벌 수 있을 것이었다.

창욱은 잠든 아내와 자식들을 내려다봤다. 온갖 생각이 들었다. '내가 죽으면 저 어린것들은 어떻게 살아갈까? 젊은 아내는……'

창욱은 유서를 썼다. '사랑하는 당신께. 짧은 세월이었소. 그마저 단칸방에서 고생만 시켰구려. 당신께 상의도 않고 일을 벌여 미안하오. 하지만 군인은 싸워야 할 때 싸워야 하는 거라오. 그리고 전쟁터에서 죽는 게 가장 큰 영광이라오. 그래도 생이 서글프고 외롭게 느껴지면 재혼해도 좋소. 대한민국 어떤 남자도 나보단 낫지 않겠소.'

창욱은 손톱을 깎아 유서와 함께 편지봉투에 넣었다. 접고 접어 수첩 사이에 끼워 넣곤 잠자리에 들었다. 잠이 오지 않았다. '괜한 짓 아닐까. 죽는다면 훈장 다섯이, 또 진급이 뭔 소용 있단 말인가……. 아니, 죽은 뒤 북괴 놈들이 판문점에서 항의하면 정부는 뭐라 할까. 시치미 뗄 거야……. 행불 처리하겠지. 국립묘지에도 못 갈 거야……. 아냐, 그딴 건 중요치 않아. 죽지 못해 생포되는 날엔……, 그래, 실탄이 떨어질까 두렵다. 자진도 못하고 포로가 될까 봐……. 그 많은 수모를 어떻게 참고 살아갈까. 그래, 앞으로 나에게 있어 권총은 전투화기라기보다는 자결용이다.'

4

이마가 하얀 것들이 V자를 그리며 하늘을 날고 있었다.
그들도 그렇게 내려왔다. 북에서 남으로의 안행雁行.
다정한 형제처럼 날고 있는 기러기 떼를 보며 눈시울을 붉혔다.

장사청
모가지
따라 간다

1967년 9월 27일, 수요일. 음력 8월 24일. 남녘에서의 마지막
이 될지도 모를 날, 아니 생의 마지막 날이 될지도 모를 날이었
다. 소타기는 주로 중식 후 하곤 했는데, 그날은 조식 후 했다.
수용소 사상 아침 소타기는 처음이었을 것이다. 태형은 늘 그렇
듯 소의 몸통 부분이 되어 있었으며, 당연히 평래가 전력을 다
해 자신의 등 위에 올라올 것을 예상하고 있었다. 뜻밖에 현석
이 올라왔다. 현석은 몸을 좌우로 흔들며 엉덩일 들썩였다. 태
형은 꿈쩍 않았다. 멀리서 기태가 뛰어왔다. 소꼬리 부분에 내
려앉자 태형은 순간 주저앉을 듯 비틀거렸다. '돌, 가위, 보' 소
리 들리고, 평래의 팀이 이겼는지 소머리 부분의 류시련이 '와!'

하고 소릴 질렀다. 다시 누군가 그의 등 위로 올라탔다. 이번에도 평래는 아니었다. 평래는 어째서인지 태형의 등을 피하고 있었다. 오랜만에 태형의 팀이 이겨 소몰이꾼이 되었다. 태형이 평래의 등 위로 올라타려는 순간, 지프 두 대가 수용소 안으로 진입했다.

다시 총을 들어야만 했다. 다만, 오늘은 저쪽 편이 아니라 이쪽 편일 뿐. 주어진 임무는 적의 비무장지대에 잠복 중인 민경대원을 사살한 뒤, 46사단장 장사청(43세)과 정치부 사단장(이름 모름, 40세)을 살해, 적의 통로 상 부비트랩 등 장애물을 설치하고 군사정보(부대 배치, 경계 상태)를 수집하는 것 등이었다.

기태가 빠졌다. 현석은 전날 밤, 비밀이라며 귀를 빌려서 전했던 말들을 결국 창욱이 받아들였구나 생각했지만, 야간침투훈련 때부터 창욱은 기태를 빼기로 마음먹었다.

16:00시경, 창욱 일행은 강원도 화천군 원동면 날근터에 위치한 아군 7사단 소속 212GP에 도착했다. 다시 한 번 침투할 지형을 살폈다. 북한강은 변함없이 승천을 앞둔 용처럼 보였다. 창욱은 혀를 길게 내민 용머리를 닮은 지점을 손으로 가리키

며 말했다. 저 너머 적의 811GP가 있다. 강 좌안에 바짝 붙어야만 한다. 이격거리는 삼백 미터에 불과하다. 보는 바처럼 개활지이며 먼저 저곳을 무사통과해야만 한다. 다들 상기되어 있었다. 태형은 머리를 끄덕이며 눈동자로 북편을 짚어나갔다. 그의 눈이 문득 금성천 너머 북한 마을(용호동)에 머물렀다. 불과 반년 전, 지금처럼 남으로 침투하기 위해 적정을 살폈던 곳이었다. '우리 집에 왜 왔니, 왜 왔니⋯⋯' 귓전에 차명희의 노랫소리가 맴돌았다. '꽃 찾으러 왔단다, 왔단다⋯⋯' 어느새 후렴구를 따라 부르고 있었다. 현석은 시선을 10시 방향에 두고 있었다. 북한 마을 여문리가 있는 곳이었다. 골짜기를 타고 계속 올라가면 개성, 평양, 대동강, 마침내 그의 고향 대타령리가 나올 것이었다. 평래는 고개를 숙이고 있었다. 무엇을 생각하는지, 푹 눌러쓴 모자챙 아래 눈빛만은 면도날처럼 날카로웠다. 창욱은 7시 방향에 시선을 뒀다. 내성동리, 세현리, 새둔지⋯⋯, 백암산 서쪽 줄기를 타고 멀리 구름이 쇠잔해지는 곳까지. 그 너머 서울이 있을 것이며, 답십리가 있을 것이며, 처자식이 있을 것이었다. 다들 준비해둔 북괴군 복장으로 갈아입었다.

이것 좀 보관해주게. 창욱은 지갑을 GP소대장에게 건넸다.

지갑 속에는 전날 써두었던 유서와 우이동 계곡 물가에서 육사 동기 곽 아무개 가족과 함께 찍은 사진, 딸의 독사진, 그리고 손톱을 잘라 넣어둔 편지봉투가 들어 있었다. 그러겠습니다. 혹시, 귀중품이라도? 소대장 김 소위는 측은한 눈빛으로 창욱을 바라봤다. 아냐, 별거 없어. 그냥 자네 사물함에 보관하면 돼.

저녁식사 후 병기수입 및 휴대품을 점검했다. 오랜만에 만져보는 총. 다들 북에서 넘어올 때 메고 온 것이었다. 개인화기를 비롯해 도강을 위해 마련한 튜브, 지뢰탐지기 등, 생각보다 짐이 많았다.

19:40시경, 아군 212GP에서 빠져나왔다. 대원들은 김 소위와 호송장병 셋의 안내를 받아 19:55시경, 군사분계선(CT 909 424지점)에 도착했다. 살포시 긴 저녁 안개는 작전에 도움이 될 것 같았다.

20:00시경, 마침내 침투를 개시했다. 창욱은 맨 뒤편에 섰다. 사람의 마음은 깊이 모를 물길이라지 않는가. 그들 중 캄캄한 심연을 품고 있는 이가 있다면? 문득, '돌아서 쏘고 달아나면…….' 윤필용의 말이 떠올랐다. 하지만 이미 늦었다. '그래,

날 죽이고 달아나려면 언제든 할 수 있다. 그렇지만 난 믿는다.'
창욱은 자기암시를 했다.

북편에 첫발을 디딘 곳은 양지터라 불리는 조그만 마을이었다. 비무장지대는 그나마 잡목으로 우거져 있었으나, 북방한계선 이북 들메들은 황폐하기 짝이 없었다. 군데군데 채소밭 같은 게 보이긴 했지만, 북한군이 다 뜯어가버려 마치 버짐 핀 촌 아이들 머리통 같았다.

22:00시경, 462고지 우측 능선을 통과한 뒤, 창욱은 대원들에게 북에서의 첫마디를 건넸다. 기분이 어때? 그들의 눈빛을 놓치지 않으려고, 귀보다 눈을 열고 있었다. 현석이 웃으며 답했다. 좋쉬다. 그 말에 창욱의 얼굴이 환해졌다. 이어 태형과 평래가 답했다. 좋습네다. 그 둘의 답에 창욱의 몸은 완전히 풀려버렸다. 비로소 땅바닥에 퍼져 앉아 담배를 물 수 있었다. 태형이 불을 붙여주자, 안도의 한숨이 담배연기와 함께 뿜어졌다. 고맙다. 자신도 모르게 튀어나온 말이었지만 담뱃불을 붙여줘서 고마운 건 아니잖은가. 창욱은 속마음을 들켰다고 생각한 나머지 손바닥으로 얼굴을 가렸다.

지휘관은 때로 고독한 결정을 내려야만 한다. 적정이 불명확

할 땐 더욱 그렇다. 창욱은 나지막이 말했다. 지금부터가 문제다. 11시 방향 약 삼백 미터 이격 지점에 적의 811GP가 있다. 야음이라 식별이 곤란하지만 먼저 저곳을 통과해야 한다. 발각 시엔 퇴로를 따라 후퇴한다. 명령이 있기 전까지, 그 누구도 선행동을 취해선 안 된다. 알겠나? 다들 '예.' 하고 한목소리를 냈지만 쥐도 듣지 못할 만큼 작게 들렸다.

하현달이었다. 밝지는 않았지만 강 언저리까지 개활지여서 발각될 위험이 높았다. 창욱이 조심스레 앞장섰으며, 현석, 태형, 평래 순으로 뒤를 이었다. 2시 방향으로 나아가다, 북한강을 만나면 강줄기를 타고 오르기로 했다. 강 언저리엔 지뢰나 부비트랩 등이 상대적으로 적을 가능성이 높았고, 오르다 보면 도하 목표지인 금성천 언저리와 만날 것이었다.

강어귀에 도착하자, 창욱은 포복을 명했다. 달빛을 받으며 흐르는 강물은 은빛 비늘을 털고 있는 물고기인 양 보였다. 적의 GP는 10시 방향, 약 이백 미터 지점. 거의 산 정상 부위에 위치하여 마치 벼랑 끝에 매달린 새집처럼 보였다. 장비 중 가장 성가신 건, 도하를 위해 청량리에서 구입한 자동차 튜브였다. 몸에 붙으면 짝짝 소리가 났다. 하지만 현석이 지뢰탐지기를 맡았기에, 태형이 현석의 튜브까지 끌고 가야만 했다. 어쨌든 적의 GP를 10시 방향에서 7시 방향으로 내려두기 전까지는 튜브를 애인처럼 다루어야 했다.

23:05시경, 제1숙영지로 생각한 CT 911 447지점에 안착했다. 어떡할까? 눈 좀 붙이고 갈까? 저는 괜찮습네다. 태형이었다. 저도 괜찮쉬다. 현석이었다. 이 군은? 평래는 심드렁하게 답했다. 잠이 올 것 같지 같습네다.

00:10시경, 금성천 도하지점(CT 909 453)에 이르렀다. 북한강과 금성천이 만나는 지점은 마치 외다리의 가랑이 같았다. 그렇다면 도하지점은 그 불편한 다리의 허벅지쯤에 해당할 것이었다. 예상과 달리 강 언덕은 급작스러운 경사면이어서 접근을 쉬 허락지 않을 것 같았다. 강폭은 협소한 곳이 칠십 미터 정도였지만, 물살이 급해 대각선으로 도하할 수밖에 없었기에 실제 강폭은 별 의미가 없었다. 문제는 수심이었는바, 깊은 곳은 세 사람 키 정도는 될 성싶었다. 도하 직전, 창욱은 대원들의 눈빛을 살핀 뒤 다시 한 번 주문을 외웠다. '난 너희들을 믿는다.'

옷을 벗기 시작했다. 행위예술을 하듯 강가에서 달빛을 받으며 하나둘, 누드가 되어갔다. 마침내 강물에 몸을 실었다. 급한 물살에선 튜브에 자연스레 몸을 맡기기도 했는데, 현석이 떠밀려가는 바람에 태형이 헤엄쳐 잡았다.

00:50시경, 마침내 대안에 도달했다. 창욱과 평래가 거의 동시에, 이어 태형과 그의 손에 딸려온 현석 순이었다. 다들 젖은 옷으로 몸을 닦곤 물기를 짰다. 초가을이었지만 만만치 않은 추위로 소름이 돋았다. 모두 팬티를 벗고 건넜건만, 창욱은 체면상 입은 채 건넜다. 젖은 팬티를 입자 모골이 송연해져, 결국 벗은 뒤 튜브와 함께 바위틈에 숨겼다.

하천에서 멀어져 11시 방향의 서편 골짜기로 향했다. 능선을 타고 용호마을 뒤로 빠져나와 목표지인 적 13사단 쪽으로 가던 중, 오솔길을 만났다. 산길치곤 제법 넓었으며, 주변엔 낙엽이 두텁게 깔려 있었다. 현석과 창욱은 길 좌측에, 평래와 태형은 길 우측에 붙어서 갔다. 갑자기 태형이 평래의 팔을 붙들었다. 공교롭게도 생포 당시 총알이 관통했던 부위였다. 아팠지만 비명을 지를 수가 없었다. 평래가 험악한 얼굴로 태형을 노려보자, 태형은 평래의 군화 앞을 손으로 가리켰다. 지뢰였다. 순간, 평래의 등줄기에서 땀이 흘러내렸다. 현석이 한참 동안 탐지기를 소홀히 한 탓이었다. 태형은 웃으며 평래의 어깨를 툭, 쳤다.

지뢰를 피하기 위해 개천을 건너고 가시덤불을 헤치며 우회했기에, 다들 힘이 빠졌다. 하지만 기분을 상쾌하게 만든 것도 있었다. 금성천 계곡 북쪽에 펼쳐진 골짜기. 너럭바위하며 가끔 만나는 실개천까지, 깜짝 놀랄 정도로 우이동 골짜기와 닮아 있었다.

01:50시경, CT 913 458지점. 앞서가던 현석이 손바닥을 올리며 멈췄다. 1시 방향, 불과 백여 미터 이격 지점에 적의 잠복초소가 있었다. 예상치 못한 난관. 아찔했다. 창욱은 반사적으로 대원들의 눈빛을 살폈다. 대원들도 아찔해하는 것 같았다. 하지만 그 아찔함은 질적, 정서적으로 다를 수 있었다. 그중엔 옛 동지와 해후하는 느낌을 받은 치도 있을 터, 아니 셋 모두 순간적으로는 그랬을지 모른다. 창욱의 눈에는 태형이 머리를 흔드는 게 정신을 차려야지 하는 양 보였고, 평래가 가슴에 손을 올리고 있는 건 충격을 가라앉히기 위한 제스처처럼 보였다. 굳은 채 대원들을 바라보던 창욱은 마침내 입을 열었다. 그래, 작전 끝나면 덕소에 간다. 매운탕에다 막걸리 그리고……. 창욱의 말끝이 흐려졌다. 그 순간 대원들의 입에서 또렷한 말들이 이어졌다. 처치합세다. 태형이었다. 쳐들어갑세다. 현석이었다. 무작

정 기다릴 순 없습네다. 평래였다. 같은 말이었건만, 평래의 말이 힘을 실어주었다. 창욱은 빙그레 웃으며, 초소 방향으로 눈길을 돌렸다. 오솔길이 보였지만, 좁고도 캄캄한 그 소로는 목표지와는 반대 방향으로 풀어지고 있었다. 방법은 둘이었다. 경계병을 처치하거나, 조용히 교통로를 따라 침투하는 것. 전자는 경계병의 수가 문제였으며, 후자는 침투 후 퇴각이 문제였다. 들려오는 소리만으로도 네댓은 되어 보였으니, 무성무기로 처치하기엔 버거운 수였다. 그렇다고 적진 속에서 적막 아래 유성무기를 사용하는 건 자살행위나 마찬가지였다. 결론이 내려졌다. 24시초소가 아니길 바라면서 초소 병력이 철수하기를 기다리거나, 초병들이 졸기 쉬운 시간대인 03~04시 무렵까지 기다려 침투하는 것. 창욱은 대원들에게 착호를 명했다. 호는 숙영지일 뿐 아니라, 차후 집결지 또한 될 수 있음에 지형평가 5개 요소를 고려해서 적이 예상치 못하는 지점에 구축해야 했다. 비교적 은폐·엄폐에 유리해 보이는 지점에 삽을 꽂았다. 십 분이 채 안 되어, 깊이 사십 센티미터, 길이 이 미터 정도인 부채꼴 모양의 호가 완성됐다. 꼬리 부분에 용변을 볼 수 있도록 작은 구멍도 만들었다.

한기가 들었다. 도하 시 젖은 옷 때문이었다. 창욱은 손바닥을 모아 오른쪽 귀에 붙였다. 잠을 자두라는 뜻이었지만, 다들 눈을 감지 못했다. 배가 고팠다. 창욱은 소고기국밥에 김치가, 태형과 평래는 민물매운탕에 막걸리, 현석은 돼지두루치기에 쌀밥, 후식으로 감이 먹고 싶었다. 하지만 건빵을 꺼내 입안에서 불린 뒤, 옆 사람마저 못 들을 정도의 작은 소리로 살며시 깨물었다. 소변 또한 엎드려서 봐야 했다.

적막이 흐를 때 조심해야 한다. 적막은 적의 입장에서도 적막이다. 적이 아군을 노릴 때도 적막 속에서 노리기 마련이다. 반대로 적정이 소란하다는 건 적의 노림이 없다는 증거이며, 그만큼 아군 입장에서도 노림이 용이해지는 것이다. 쏴아, 공기 흐르는 소리 들리고, 풀벌레들 소리가 겹쳐졌다. 경비병들은 철수하지 않았으며, 잠도 자질 않았다. 창욱은 대원들을 들여다봤다. 피곤기가 역력해 보였지만 평화로운 얼굴들을 하고 있었다. 하나둘, 잠 속으로 빠져들었다. 평래가 코를 골기에 머리를 살짝 돌려주었다. 창욱은 중얼거렸다. '그래, 배반하려 했다면, 벌써 했을 거야. 적의 811GP 옆구리를 지날 때가 적기였지…….'

03:00시경. 달가닥. 적막 속에서 소총 멜빵의 쇠붙이 소리

가 들려오고, 경계초소에서 비교적 큰 동선이 포착됐다. 초병들의 교대시간이었다. 순간 창욱의 눈에 실망의 빛이 휘돌았다. 철수하기를 기다렸건만, 야간초소는커녕 상시초소일 가능성이 높았다. 사전에 좀 더 면밀히 정보를 파악하지 못한 게 한스러웠다. 방법은 해가 뜰 때까지 기다려, 24시초소가 아님을 기대해보는 수밖에 없었다.

'수고들 했소.' 백여 미터를 넘어온 말소리는 바로 옆에서 들리는 듯했다. 교대는 즉시 이뤄졌다. 호 속 대원들은 무덤 속 시체마냥 숨소리조차 죽였다. 마침내 교통로를 따라 발소리가 멀어지자, 창욱은 대원들에게 다시 잠을 자두라고 명했다. 피곤에 절은 탓인지 다들 곯아떨어졌다. '신기하다. 동포란 물과 같은 것이로구나. 저 물동이의 물을 이 물동이에 부으면 이 물동이의 물이 되고 마는.' 창욱은 내심 중얼거렸다.

얼마나 지났을까. 눈을 뜬 창욱은 놀랐다. 사방이 새벽안개로 덮여 있어 사후세계에 와 있는 듯한 느낌을 받았다. 앞이 안 보이는 만큼 희망이 보였는바, 안개가 조금만 더 깔려준다면 초병들을 따돌릴 수 있을 것 같았다. 와치와 발드, 이격거리 이십 미터까지 통과한 적이 있으니, 초병이라면 십 미터도 가능할 터. 하지만 시간이 흐를수록 안개는 걷히고 있었다. 창욱은 서

둘러 대원들을 깨웠다. 평래는 악몽에서 깬 듯 눈을 부릅뜨더니, 창욱의 얼굴을 확인하곤 한숨을 쉬었다. 태형은 깨자마자 곧바로 총을 들었다. 창욱은 섬뜩함을 느꼈다. 아침에 본 대원들은 마냥 북괴군들이었다. 현석이 웃으며 '대장님' 하고 불러주지 않았더라면, 그 섬뜩함은 오래갔을 것이었다.

24시초소다. 갈수록 상황이 나빠지고 있다. 다시 어두워지길 기다리는 수밖에 없다. 창욱의 말에 태형은 '여구메서 말입네까?' 하곤 마치 호가 무덤이라도 되는 양, 언짢은 기색을 숨기지 않았다. 그래, 여기서……. 창욱은 입술을 깨물었다. 적어도 열두 시간은 기다려야 하는데, 이 모양새로 말입네까? 마침내 평래가 끼어들었다. 열두 시간? 뭬가 길단 말야. 목숨이 달린 일인데……. 기래, 동무에겐 십 분도 길었지비……. 그때, 창욱이 쉿! 하곤 평래의 입에다 손가락을 붙였다.

마지막 안개자락이 해를 따라 올라가고, 시야는 또렷해졌다. 적의 초소는 찌그러져가는 헛간 같았다. 토담이 가슴 높이까지 쳐져 있었으며, 윗부분은 대충 짚으로 덮여 있었다. 밤 풍경과는 정말 딴판이었다. 은폐·엄폐가 양호한 곳이라 생각했으나, 엄폐물이라곤 11시 방향, 외롭게 서 있는 소나무 한 그루, 그리고 무릎 높이의 관목들뿐이었다. 이동하기 위해선 포복으로 후진할 수밖에 없었다. 가장 가까이 있는 엄폐물은 7시 방향, 백여 미터 떨어져 있는 사시나무숲이었다. 갑자기 위통이 찾아왔다. 쥐어짜듯 아팠다. 창욱은 대원들이 눈치채지 못하게 머릴 땅에다 묻곤, 이를 악물었다. 무릎을 접고 싶었으나, 그럴 틈조차 없었다. 왜 그러십네까? 현석이 눈치챘다. 아냐, 아무것도…… 태연한 척했지만, 통증은 좀처럼 가시질 않았다.

12:00시경, 초소 우측 3시 방향에서 적들이 떠드는 소리가 들렸다. 재잘거리는 소리는 점점 더 가까이 들렸고 마침내 적들이 모습을 드러냈다. 하나 행렬이었으며, 앞의 둘은 뭔가를 움켜쥐고 있었고, 부군관으로 추정되는 자가 그 뒤를 따르고 있었다. 권총을 허리춤에 찬 군관이 중간쯤 있었는데, 무전병이 뒤따르지 않는 걸로 봐선 민경대원들임에 틀림없었다. 일렬로 줄지어 있어 정확히 셀 수 있었던바, 도합 열다섯이었다. 뭐하는 걸까? 창욱은 아픈 배를 움켜쥔 채 혼잣말을 했다. 혼잣말을 했건만, 태형은 기다렸다는 듯 답했다. 삽질을 하는 걸 보멘, 땅에다 뭔가를 묻거나, 뭔가를 파내는 것 같습네다. 지뢰일 거야. 저 속도라면 제법 걸릴 것 같다. 기회를 봐서 다른 곳으로 이동해야겠다. 창욱은 마땅한 장소로 지난밤의 협곡을 떠올렸

다. 너럭바위하며, 가끔 만나는 실개천까지……, 우이동 골짜기
와 흡사한 곳.

12:30시경. 창욱의 위통이 가라앉고, 행동이 개시됐다. 대원
들은 코가 유난히 반질거리던 와치와 발드를 떠올렸는바, 상황
으로 봐선 발드 쪽에서 와치 쪽으로 이동하는 셈이었다. 나른
한 오후의 정적은 밤의 고요 못지않았다. 벼랑 아래 적병들의
소리가 아주 또렷하게 들렸다. '동무들, 힘내라우야. 요것만 하
고 쪼금 쉴 테니. 싸들고 온 갱기와 옥시기도 먹자우.'

낙엽 밟는 소리까지 신경 써야 할 정도로 적들이 가까이 있
었건만, 현석이 마른 나뭇가지 하나를 밟아버렸다. '우직' 하
는 소리와 함께 저편에서 '뉘기야?' 하는 소리가 들렸다. 결정
을 내려야 했건만 창욱은 어쩔 줄 몰라 했다. 우왕좌왕하는 사
이, 올라오던 북괴병과 마주쳤다. 수고들 많소. 당 연락부에서
왔수다래. 현석이 둘러댔다. 고개를 갸우뚱거리던 적병은 곧장
창욱에게 경례를 올린 뒤 말했다. 긴데, 연락부에서 어쩐 일로
다……? 아, 이쪽 동무들은 정찰국 283 소속……. 현석의 말
이 채 끝나기도 전에 태형의 단도가 적병의 목울대에 꽂혔다.
또 다른 병사 둘이 올라오는 게 보였다. 정신을 차린 창욱은 손

가락 하나와, 다섯을 차례대로 올렸다. 중간의 군관을 중심으로 태형과 평래는 대열 전반을, 자신과 현석은 대열 후미를 맡는다는 뜻이었다. 총구에서 불이 뿜어지고 수류탄이 날았다. 갑작스러운 공격에 적들은 혼비백산했지만 저항도 만만치 않았다. 몇몇은 곧바로 응사해왔다. 시간이 흐를수록 불리할 것인바, 무엇보다 적의 부대가 가세해올 가능성이 높았다.

마침내 적의 숫자가 서너 명으로 줄었다. 태형이 정조준으로 한 명을 쐈다. 이어 평래가 자세를 취했지만, 총구가 떨리고 있었다. 분명한 건 오른팔의 통증 때문만은 아니었다. 방아쇠를 당겼지만 총알은 바위를 때리곤 튕겨나갔다. 곁에 있던 창욱이 방아쇠를 당기려 했을 땐, 적병은 이미 사라지고 없었다. 대장님, 뒤쫓아 잡읍세다. 생포합세다! 골짜기 쪽으로 달아나는 적병들을 발견하곤 현석이 뒤를 쫓자고 했다. 창욱은 그들에게서 눈을 떼지 않은 채 말했다. 안 돼. 실탄도 바닥났고, 적 지원부대가 출동할 거야. 빨리 이곳을 빠져나가야 한다. 퇴각이다!

배가 고팠지만 남은 거라곤 건빵 한 봉지뿐이었다. 한두 개씩을 입에다 넣고 불렸다. 정신없이 뛰어 내려오다 화전을 만났다. 땀이 나니, 목이 더 말라왔다. 미처 캐내지 못한 감자들이 군데군데 불거져 있어, 대충 흙을 털곤 베어 물었다. 위통 때문에 창욱은 그저 물기만을 취했다.

한 시간가량 능선을 타고 내려왔을 무렵이었다. 작지 않은 개울을 만났다. 물도 마시고 세수도 할 겸, 잠시 머물기로 했다. 태형과 현석은 아예 웃통을 벗고 물을 끼얹었다. 그때 인기척이 들려왔다. 누군가 숲 속에서 흥얼거리고 있었다. 다들 총을 집어 들었다. 갈수록 흥얼거림이 크게 들려왔다. 벙거지를 눌러쓴 촌로와 계집아이였다. 총을 거두곤 재빨리 하고 있던 자세들을 취했다. 태형은 몸에다 물을 찍어 발랐으며, 평래는 군화를 벗어던지곤 물에다 발을 담갔다. 날씨가 모지 차가운데 다들 목간들 하시나……. 영감은 웃어 보였다. 옆의 여자애는 무섭다며 그의 등 뒤로 숨었다. 몇 살 먹었수까? 현석이 웃으며, 가까이 오라고 손짓했다. 여자애는 노인네 뒤에서 손가락 일곱을 세워 보였다. 손녀 됩네까? 태형의 말에 영감은 벙거지를 벗으며 '그렇수다, 아래로 애끼 둘이 더 있쉬다.'라고 했다. 머리숱이라곤 귀 위쪽으로 절벽 아래 풀처럼 드문드문 나 있는 것이 다였다. 군관님, 안색이 어띠 안돼 보입네다, 어데 편찮쉬까? 영감이 창욱을 보더니 걱정스러운 눈빛으로 물었다. 창욱은 당황했다. 영감을 향해 억지 미소를 지어 보일 뿐이었다. 반가웠쉬다. 영감이 인사를 하고 돌아서자, 현석이 노랠 불렀다. '장백산 줄기

176

줄기 피어린 자국, 압록강 굽이굽이 피어린 자국……' 창욱은
세수를 하는 척, 받아서 이어갔다. '오늘도 자유조선 꽃다발을
위해 력력히 비쳐주는 거룩한 자국……, 아아 그 이름도 빛나
는 우리의 장군, 아아 그 이름도 빛나는 김일성 장군!' 영감은
가다가 돌아서서 창욱을 보곤 빙그레 웃었다. 창욱은 아픈 배
를 틀어쥐곤 손을 흔들어 보였다. 영감 또한 여자아이의 손을
잡고 흔들었다. 이름 모를 들꽃들 사이로 고사리 같은 손이 나
비마냥 한들거렸다.

대장님, 저보다 더 가수십네다. 현석의 말에 창욱은 배가 당
겨 웃을 수도 없었다. 박 군, 언제 나더러 배우 같다 했지? 어
때? 내 연기……. 창욱의 말에 태형은 웃으며 엄지손가락을 추
켜올렸다.

14:30시경, 적병의 매복을 염려했던 CT 921 442지점을 무사
히 통과했다. 그로부터 삼사십 분 뒤, 금성천 어귀에까지 도달
할 수 있었다.

⊕

도하를 준비하던 중, 쾅! 쾅! 후방에서 총소리가 들렸다. 모래먼지가 일고 돌 파편이 튕겨 강물에 물수제비가 그려졌다. 다들 엎드렸다. 튜브를 숨겨놓은 바위와 백여 미터 떨어진 곳이었다. 적의 위치와 숫자를 파악할 수 없었다. 거기에다 모래뿐인 강변에 완전히 노출되어 있었다. 순간 창욱은 골짜기에서 만났던 촌로와 여자애를 떠올렸다.

박 군, 실탄 얼마 남았나? 창욱은 다급히 태형에게 물었다. 몇 발 남지 않았습네다. 다시 창욱은 십여 미터 떨어져 있는 평래에게 물었다. 평래는 '탄창 둘입네다!'라고 소리쳤다. 창욱은 평래더러 탄창 하나를 태형에게 던져주라 했다. 오른팔이 불편한 평래는 탄창을 왼팔로 던질 수밖에 없었고, 탄창은 중간쯤에 떨어졌다. 태형이 포복으로 탄창을 집어 드는 순간, 총알이 태형의 오른발 곁에서 튀었다. 어디서 날아드는지 종잡을 수가 없었다. 현석이 '대장님, 확, 건너버립세다!'라고 했다. 창욱은 사위를 훑으며 말했다. 안 돼. 놈들은 그걸 노리고 있어. 곧 이쪽으로 다가올 거야. 잠시 기다려보자구. 숫자라도 파악이 되어야지…… 창욱은 손가락으로 2시 방향을 가리켰다. 태형이 바위쪽으로 달리기 시작하자, 다시 총소리가 요란하게 들렸지만 여전히 적의 위치와 숫자는 파악되지 않았다. 숨을 고른 뒤 태형은 무사하다는 표시로 부처 손가락을 만들어 보였다. 잠시 소 강상태였지만 지체할 수 없었다. 적의 부대가 가세해올 가능성 때문이었다. 창욱은 손가락으로 10시 방향을 가리켰다. 오십여 미터 이격 지점에 사람 몸통만 한 바위 둘이 보였다. 현석이 지그재그로 달렸다. 총알 하나가 상의를 스쳤지만 멈추지 않고 달렸다. 총소리, 연이어 들려오고 바위를 이십여 미터 남겨놓은 채, 현석이 쓰러졌다. 창욱은 무작정 뛰쳐나가려는 평래를 말렸다. 가슴이 찢어질듯 아팠지만 어쩔 수가 없었다. 창욱은 손가락으로 홀로 서 있는, 보기에도 외로워 보이는 큰 바위 하나를 가리켰다. 평래가 움직였다. 다시 총알이 날아들었다. 아픈 팔을 감싸고도 평래는 미꾸라지처럼 잘도 빠져나갔다. 총알이 그가 빠져나온 자리에만 죄다 박혔다. 그때 죽은 줄로만 알았던 현석이 벌떡 일어나 달음박질치더니, 바위 뒤로 숨었다. 죽은 척, 야구로 치자면 도루를 한 셈이었다. 와중에 다들 '와!' 소리치며 탄복했다.

적병들은 좀처럼 얼굴을 드러내지 않았다. 결단을 내려야만 했다. 창욱은 대원들을 향해 손을 흔든 뒤, 인지로 튜브를 숨겨놓은 쪽을 가리켰다. 셋, 동시에 움직였다. 다시 총알이 날아들었다. 먼저 현석 쪽, 그리고 평래 쪽. 하지만 태형 쪽엔 총알이 날아오지 않았다. 적병의 수가 파악됐다. 둘 아니면 셋. 평래의 헛총질에 목숨을 건진 북괴병들이었다. 달아난 줄 알았건만 오히려 그들을 쫓고 있었다.

낮에 보는 강은 달랐는바, 훨씬 거셌으며 유속도 불안정해 보였다. 어떤 곳에선 떠내려가던 나뭇가지가 금방 자맥질 해버렸다. 곳에 따라 수심이 달랐으니, 물빛 또한 다양했다. 기슭 부근은 무색, 몇 폭 앞에는 초록, 중앙은 취벽.

튜브를 꺼내 물속으로 뛰어들자, 기다렸다는 듯 총알이 날아들었다. 다들 잠수했다. 총알이 물속을 파고들었다. 물속에서 보는 총알의 궤적은 하늘로 치솟는 불꽃처럼 보였다. 어떤 것들은 강바닥에 꽂혀 먼지를 일으켰고, 어떤 것들은 물속 바위에 부딪히곤 다시 튕겨나가 물방울 막대를 만들었다. 맞아도 안 아플 것처럼 부드럽게만 보였다. 무시무시한 총에서 빠져나온 것이라 믿기 힘들었다. 평래는 팔이 아파 헤엄을 칠 수 없으며, 창욱은 위경련이 도져 다리를 펼 수가 없었다. 어쨌든 숨만은 쉬어야겠건만, 머릴 올렸다간 박살날 게 뻔했다. 총알 하나가 현석의 머리 위를 스쳐갔다. 흔적이 잠시 물기둥으로 남았다. 또 다른 총알이 평래의 튜브를 관통했다. 튜브에서 바람이 빠져나오고, 물방울들이 솟아올랐다. 곧이어 총알들이 물방울

주위에 집중적으로 날아들었다. 태형은 머릴 내밀고 평래를 위해 엄호사격을 했다. 잠시 뒤, 숨을 쉬기 위해 머릴 내밀던 평래가 와류에 휩쓸려 허우적댔다. 태형은 혼신을 다해 엄호사격을 했다. 창욱 또한 물 밖으로 머릴 내밀곤 방아쇠를 당겼지만, 총알이 바다나 '틱' 소리만 났다. 설상가상, 적들은 엄폐물을 활용해가며 독안의 쥐 잡듯 조준 사격을 가해왔다. 하나 희망은 급류였다. 태형은 평래의 허리띠를 잡고선 깊이 잠수했다. 한 마리 물고기처럼 강바닥을 누비다가, 힘들어 하는 평래를 위해 가끔 밖으로 머릴 내밀어줬다. 그러길 몇 차례, 둘의 팔뚝에 물의 저항이 강하게 느껴졌다. 둘은 한참 동안 급류에 휩쓸려 내려갔다. 들려오던 총소리도 그제야 환청인 양 희미해졌다.

15:30시경, 창욱은 군사분계선을 넘자마자 담뱃갑을 풀어 대원들에게 권했다. 다행히도 담배는 끝부분만 젖어 있었다. 이구동성으로 '대장님 고맙습네다!'라고 외쳤다. 금강담배는 적을 속이려, 가져온 거 아닙네까? 현석이 묻자 창욱은 껄껄거리며 답했다. 야, 임마. 그럼 북괴군 복장에 남쪽 담배를 물면 어떡해? 그때, 담배연기를 깊숙이 들이키며 태형이 말했다. 미안합네다, 대장님. 사실 대장님 주무실 때, 몰래 저희들 호 속에서

담배 피웠습네다. 용서해주십시오. 창욱은 껄껄거리며 답했다. 나만 굶었군!

16：00시경, 아군 7사단 212GP 좌 전방 지점으로 복귀할 수 있었다. 창욱은 목을 만져봤다. '돌아서 쏘고 달아나면……?' 윤필용의 말을 떠올리곤 고개를 저었다.

⊕

GP소대장은 그들을 위해 라면을 끓였다. 대원들은 순식간에 국물까지 해치웠다. 창욱은 소대장에게 적의 보복이 염려되니, 야간경계를 철저히 하라 당부했다.

수색중대장이 보내온 차량에 몸을 싣고, 남방한계선 통문을 지나 GOP로 향했다. 창욱의 지프가 주차되어 있는 곳이었다. 지프에 몸을 실은 창욱은 청량리로 향했다. 대원들은 곯아떨어졌건만, 창욱은 눈을 붙이기 힘들었다. 찹쌀가루와 건빵으로만 끼니를 때운 데다, 설사까지 겹쳐 탈진상태에 있었다. 식당으로 들어가 해장국을 시킨 뒤, 맵지 않게 국에다 물을 타, 후루룩 들이켰다. 식사를 마친 뒤엔 부림호텔로 향했다. 방을 빌려 목욕하기 위해서였다.

꼴랑 지뢰 하나로 떼울 생각 말라우야. 방 안에선 평래와 태형이 서로 노려보고 있었다. 둘, 초췌한 건 마찬가지였으나, 눈이 퀭한 평래는 환자처럼 보였다. 현석은 별일 아니라는 듯 '커피 한잔'을 흥얼거렸다.

동무에게 달렸어. 난 사실을 말했고, 그 사실을 거짓부데기로 듣는 동무의 귀, 그리고 리유 없이 날 미워하는 동무의 가슴팍에 달렸어…… 태형의 목소리는 작았다. 옆의 현석조차 못 알아들을 정도였다. 잠시 뒤, 수건으로 중요 부분을 가린 채 창욱이 욕실을 빠져나왔다.

⊕

진경은 창욱이 대간첩작전을 수행한 걸로 알고 있었다. 애기야, 아빠 안 보고 싶었어? 창욱은 아내의 둥근 배를 쓰다듬으며 말했다. 평소와 다른 남편을 보곤 진경은 놀랐지만, 그저 뱃속의 아기를 많이 기다리는 아빠려니, 생각했다.

다음 날 창욱은 평래와 함께 국군통합병원을 찾았다. 생포 당시에 입은 총상이 도져 평래의 팔에는 고름이 차 있었다. 둘다 링거를 맞고 이틀간 병원 신세를 져야만 했다. 진료부장은 창욱에겐 술, 담배, 커피를 삼갈 것을 권했으며, 평래에겐 당분 간 무리한 운동을 금하고, 상처에 물이 들어가지 않도록 조심하라 당부했다.

제5의
대원

태형은 눈을 뜨자마자 천장을 봤다. 푸른색 페인트······. 이마의 땀을 걷어내곤 안도의 한숨을 내쉬었다. 악몽이었다. 밤새 붉은색과 싸웠다. 고향 마을 청진 숫골 추평리 공회당 앞에서의 인민재판. '마땅히 위대한 책임을 져야 돼, 알겠어?' 당 고위 간부의 목소리는 높아가고 계속되는 추궁과 함께 그는 땅바닥에 내팽개쳐졌다. 이어 몸 위로 붉은 깃발을 단 로드롤러가 올라섰다. 발부터 으깨지기 시작했다. 온갖 비명에도 사람들은 냉소만을 보냈다. 로드롤러가 정강이를 지나 허벅지, 허리를 지날 즈음, 그의 가슴에서 새 한 마리 날아올랐다. 휘이익, 그 새 날아오르자, 세상은 한 장 그림이 되어버렸다. 그 새, 혼신의 힘으로 날갯짓했지만 다리와 꽁지가 그림 속에 갇혔다. 그림 밖 새의 몸통에서 떨어지는 깃털은 그림 속 치켜든 그의 얼굴을 간질이다가 옷자락 무늬가 되기도, 하지만 부피 없이 가라앉았다. 무량한 점으로 이루어진 한 줄 선이었다. 기력을 다해 몸의 끝점을 그림 밖으로 밀쳐봤지만 빠져나가는 건 해질녘 연기 같은 붉은 그림자뿐.

선우은령을 떠올렸다. 아니, 언제부턴가 눈을 뜨면 자연스레 그녀가 떠올랐다. 기뻤다. 그녀가 있는 남조선에 자신 또한 숨 쉬고 있음에. 그러곤 깨달았다. 사랑은 결코 사람 죽이는 일과 어울리지 않음을. 사랑이 용광로 속 들끓는 쇳물이라면, 살인은 그 쇳물을 단숨에 식혀버리는 얼음이라는 걸.

⊕

'북괴군 열댓 명 죽였다고 작전 성공한 건 아니잖아? 장사청이란 놈 모가지 따는 게 목표였으니까……. 작전 성공으로 보고할 순 없어. 애들 바람이나 쐐주고, 자네도 좀 쉬어.' 윤필용의 말, 그중에서도 '작전 성공으로 보고할 수 없다.'는 말이 창욱을 섭섭하게 만들었다. 그 말은 목숨 걸고 싸웠지만 헛수고란 말이었으며, 진급에도 도움이 안 된다는 말이었다.

남산을 찾았다. 정상에 오르자 발 아래로 시가지가 모형처럼 펼쳐졌다. 남대문, 광화문이 보이고, 막 준공된 삼익빌딩이 시멘트 냄새를 풍기며 코앞에 서 있었다. 31층. 태형, 현석, 평래까지 층수를 세며 높이에 감탄했건만, 기태는 그저 거대한 돌막대기가 눈앞에 꽂혀 있다는 듯 멍하니 서 있었다. '멍함'이 그의 트레이드 마크였지만, 그냥 멍한 것과는 달랐다. 그의 멍함 속엔 무언가가 들어 있는 듯 보였으며, 그 멍함은 오로지 그것을 감싸고 있는 껍질처럼 보였다.

노란 은행잎이 수북이 쌓인 금빛 오솔길을 젊은 한 쌍이 걷고 있었다. 팔짱을 끼고 가는 모습이 유난히 정답게 보여 창욱은 오랜만에 농을 던졌다. 다들, 장가가야겠구나……. 현석인 빼고. 창욱은 멀찌감치 뒤따라오는 기태가 들을 수 있도록 큰소리로 말했다. 전무님, 왜 저는 빼십네까? 현석이 씩씩거리며 화를 내는 시늉을 했다. 넌 아냐. 오늘 하는 짓 보면 몰라? 제가 뭘요……? 임마, 저렇게 늘씬한 아가씨들한텐 관심 없고, 새나 다람쥐들에게 눈길을 주잖아. 창욱은 말 도중에 기태를 훔쳐봤다. 기태는 고개를 숙인 채 걷고 있었다. 전무님, 제가 작전에 참가하는 리유는 당개 보내준다 해섭네다. 현석이 배시시 웃으

187

며 말했다. 창욱은 여전히 기태에게 시선을 떼지 않았다. 감 때문이 아니고? 기태 또한 웃었지만, 웃는 얼굴이 찌그러진 탈처럼 보였다. 저녁은 어디서 먹을까? 다정? 맥심? 창욱의 말에 태형이 현석의 허리를 찔렀다. 현석이 웃으며 창욱에게 다가가 작은 소리로 말했다. 전무님, 매운탕집에 또 가야겠쉬다. 야, 이눔아 넌, 물고기 잡아먹는 귀신이냐? 아닙네다. 전 돼지고기를 좋아합네다. 기리고 아시다시피 감이 제일 좋쉬다. 근데 왜 매운탕을 먹으려고 해? 혹시 그 아가씨 때문에 그러는 거 아냐? 맞쉬다. 저의 이상형입네다. 현석은 '커피 한잔'을 흥얼거리며 태형과 평래를 향해 눈을 깜박거렸다. 오랜만에 열두 살 소년, 열여덟 청년, 마흔의 사내가 거의 동시에 그의 눈에 나타났다. 녀석, 제보다 젯밥에 더 관심이 많네……. 창욱 또한 누가 젯밥에 더 관심이 많은지 알면서 능청을 떨었다. 대장님, 사비스로 엄지누르기 들어갑네다. 현석은 창욱의 어깨를 눌렀다. 서울역 부근에서 비둘기 떼가 날아올랐다. 별안간 기태가 뭔가 말하려는 듯 창욱에게 다가갔다. 하지만, 이내 '아닙네다.' 하곤 돌아섰다.

고추잠자리들이 어지러이 날아다녔다. 강변 가로수 낙엽들은 바람의 세기에 따라 떨어지는 양을 달리했다. 매운탕집 입간판 위로도 낙엽들이 띄엄띄엄 날아들었다. 태형과 평래는 을

씨년스러운 풍경에도 마음이 설레었다. 식당 안으로 들어서자 마자 둘은 은령을 찾았다. 사방을 두리번거리던 태형은 불길한 예감에 휩싸였다. 평래 또한 마찬가지였건만 태연한 척, 서쪽 창 구석 그만의 자리로 갔다. 창밖 나무에는 어느새 빨간 열매들이 달려 있었다. 앞의 손님들이 계산을 끝내고 나가자, 선우 사장이 일행에게 다가와 그 나무에 얽힌 이야기를 쏟아냈다. 귀한 나무랑께요. 거시기, 감나무의 생장북방한겐가 뭔가가 아메 경기 이남이라지요. 이 동네에서도 감나무 되는 곳은 여기밖에 없어요. 보시다시피 정면의 강을 제외하곤 삼면이 산에 둘러싸여 있잖아요. 겨울에도 여기 기온이 양지마을이라 불리는 아랫마을보다 이삼 도가 높아버려요. 난 여기 사람이 아니라 처음 여기 와서 저 감나무를 봤을 적에, 그냥 그렇다고만 생각했는디, 글쎄, 주위에 정말 감나무가 없어버려요. 그래서 알게 됐당께요. 평소 어눌한 그의 말이 유창히 들리는 걸로 봐선, 많은 손님들이 그 감나무를 신기해함을 짐작할 수 있었다. 선사장님, 요즘 신수가 훤해 보여요. 창욱이 한잔 들이켜곤 잔을 선우 사장에게 건넸다. 이제 좀 살 만합니다. 처음엔 겁나게 힘들었구만요. 뭐 단골이라곤 없었응께⋯⋯. 그리고 텃세가 얼마나 심해버리는지, 오메! 징그러운 거⋯⋯. 지럴 염병헐! 강에 금

그어놓은 것도 아닌데, 뭔 구역이라 해가지고선……. 그땐, 쏘가리 같은 건 얼굴 구경도 못했당께요. 지네들 밭이라고 낚싯대도 못 들여놓게 하구선 말이요……. 평래와 태형은 그날따라 유난히 선우 사장의 말에 귀 기울였다. 게다가 태형은 눈, 코, 귀, 입, 그의 얼굴을 하나하나 뜯어보기까지 했다. 하지만 은령과 닮은 구석이 하나도 없었다. 어떻게 그런 딸이 이런 아버지로부터 나왔을까, 믿기지가 않았다. 그래, 영산강하고 여기하고 고기 잡히는 건 어느 쪽이 나아요? 창욱은 안주로 김치 조각을 먹었다. 남자가 담근 것 치고는 맛이 정교했다. 처음엔 영산강이 나았지요. 거시기 개발인가 뭔가 하고부턴……. 그 있잖아요. 준설작업인가……, 모래 파내고, 콘크리트 치고, 다리 놓고……. 그때부터 고기도 안 잡혀버리고, 주변 풍광도 꽝이 되어버리고……. 마침내 평래 또한 선우 사장의 얼굴을 뜯어보기 시작했다. 다만, 물 한 모금 마시고 하늘 한 번 쳐다보는 병아리처럼, 그와 창밖의 풍경을 번갈아 봤다. 그래도 서울은 고향에서 너무 먼 거 아닌가요? 아니, 어디 오고 싶어 왔겠습니까요……. 할 줄 아는 거라곤 고기 잡는 것뿐이었고, 돈도 없었고, 애 어미까지 몹쓸 병을 앓고 있었으니까요. 용하다는 의원은 다 가봤구만요. 침도 맞고……, 참, 거시기, 벌침, 내가 직접 놓기도 했다니까요. 그땐 병명도 몰랐구만요. 서울에 오니께, 콩팥이 안 좋다 하더라구요. 저승 갈 땐 꼬챙이처럼 비틀어져 있었어요. 자식은 몇이에요? 하나, 여기 앉아 있던…… 다들 입구에 놓인 탁자 쪽으로 시선을 옮겼다. 오늘은 안 보이네요? 학원에 다닌당께요. 거시기, 몇 신가. 일곱 시쯤 오는데…… 이번엔 다들, 괘종시계 쪽으로 눈을 돌렸다. 저 시계가, 빌어먹을 작은바늘이 조금 앞으로 당겨져 있어요. 얼른 보면 일곱 시 십 분 같지만, 여섯 시 십 분입니다. 뒤판을 열고 똑바로 해놓으면 며칠 안 가 또 저러고…… 아주 지랄을 떤당께요. 저것도 세월이 지겨운지 말이오……. 선우 사장은 길게 한숨을 내뿜었다. 새 장가는 안 드시구요? 선우 사장은 장가라는 말에 얼굴을 붉혔다. 나이 육십에, 뭔 장가요. 어떤 여자가 생고생하려고 이곳에, 거기에다 가난뱅이 홀애비에게…… 그저 딸년이나 시집보냈으면 쓰겄어요. 시집이란 말에 평래와 태형의 얼굴이 펴졌다. 둘은 붉어진 얼굴을 감추려고 막걸리 사발을 무작정 입으로 가져갔다. 현석이 잠자코 있는 게 신기했다.

선우 사장이 자리를 뜨자, 창욱은 건배를 제의했다. 다들 수고했다. 성공이라 할 순 없지만, 그래도 뭔가를 해냈다. 다음엔 기필코 승리할 것이다. 자, 건배하자. 필승!

태형과 평래는 시곗바늘을 보느라, 시계 종소리에 귀를 기울이느라 술이 어디로 넘어가는지도 몰랐다. 기태, 적적했지? 언젠간 함께 하게 될 거야. 그 말을 기다렸다는 듯 기태는 좋아했다. 모처럼 웃는 얼굴이 찌그러진 탈 모양과 거리가 있었다. 걱정들 마라. 창욱은 대원들과 눈을 맞췄다. 부득이한 사정으로 작전에 참가치 못하더라도, 장가 보내주고 집도 마련해준다. 그 말에 다시 기태의 표정이 굳어졌다. 창욱은 의아해했다. '장가도 집도 싫다는 건가.'

패종시계의 작은바늘이 8자 가까이 가 있었다. 일곱 시 무렵이었다. 태형과 평래는 몸의 모든 기관을 문 쪽에다 집중했다. 잠시 뒤, 서쪽 창으로 후미등을 빨갛게 밝힌 버스 한 대가 지나가고, 얼마 후 식당 문이 열렸다. 딸은 아버지에게 다녀왔다는 인사말만 건네곤, 방으로 들어가버렸다. 태형은 옅은 밤색 치맛자락이 시야에서 완전히 사라질 때까지 멍하니 바라봤다. 평래 또한 마찬가지였지만, 다만 천장과 식당 바닥을 번갈아 보면서 애써 허탈한 표정을 지우려 할 뿐이었다. 다시 주전자가 비워지고 또 다른 주전자가 비워질 때까지, 방에서는 인기척이 들려오지 않았다. 대장님, 주인 딸 있잖습네까. 아주 미인입네다. 마침내 현식이 태형과 평래를 위해 변죽을 울렸다. 야, 이놈아. 미인인 게 너와 무슨 상관이야. 너한텐 한참 누난데. 멀리서도 자기 딸에 관한 이야기임을 선우 사장이 눈치챘다. 거시기, 딸년이 부끄럼을 많이 타요. 그리고 제가 손님들 앞에는 아예 얼씬도 못하게 한당께요. 시집갈 나인데 더구나……. 창욱은 마치 '네놈들 대신 내가 묻는다.'는 표정으로 태형과 평래를 번갈아 보며 말했다. 학원 다닌다더니 무슨 학원엘 다녀요? 창욱의 물음에 선우 사장은 흠흠, 헛기침을 하며 답했다. 거시기, 디자인인가 팻손인가 하겠다며……, '라사라 복장학원'이라는 건데, 신설동에 있어요……. 지 애비 바지주머니도 못 꿰매면서 말이요. 꿰맸다고 주는데, 이렇게 동전이 죄다 빠져버린당께요. 선우 사장은 허허, 웃으며 바지주머니를 뒤집어 보였다. 명함인 듯한 종이쪽지와, 돌돌 말린 지폐 몇 장이 들어 있었지만, 정작 동전은 보이지 않았다. 하지만 딸의 흉을 보고 있다는 느낌 또한 들지 않았다. 설령 주머니를 그렇게 꿰맸다한들 야단은커녕 꼭 안아줄 것 같은, 진정 딸을 사랑하는 아버지처럼 보였다. 거시기, 시방 뜨개질하고 있을 겁니다. 특별한 손님들이니깐, 인사차 나오라 해야 쓰겄네. 선우 사장이 벌떡 일어나자, 창욱이 그의 팔을 붙잡으며 '아닙니다요. 괜찮아요. 괜히 우리 때문에 그럴 필요까진 없어요.' 하고 말렸다. 태형과 평래는 창욱의 말에 여간 실망하지 않았다. 태형은 현석에게 도와달라며 눈을 깜박였지만, 현석은 딴청을 피웠다. 고개를 돌려 창밖의 감나무를 보는 척했다. 거시기, 그렇지 않아도 여기 총각들 중에 마음 있어 하는 사람이 있는 것 같은데……. 전번에 오셨을 때, 딸애가 물었당께요. 다들 뭐하는 사람들인가 하고 말입니다. 처음이에요. 식당 손님 궁금해한 거. 그 말에 창욱은 괘종시계를 가리키며 '늦었네요. 술도 좀 됐구요. 다음 기회에 인사 나누도록 하죠.'라고 답했다. 또 한 번의 창욱의 어깃장에 태형과 평래의 실망은 이만저만이 아니었다. 창호지 한 장을 벽으로 두고 있는 쪽방은 좀처럼 인기척을 보내오질 않았다.

막걸리가 네 주전자째 비워지고, 다들 일어날 참이었다. 마지막 잔을 비우고 일어서는데, 문 여는 소리가 들렸다. 태형과 평래의 귀엔 그 '드르륵' 소리가 여름밤 우레소리보다 더 크게 들렸다. 그때 현석이 느닷없이 태형이 벗어놓은 점퍼 단추를 뜯은 뒤 은령에게 다가갔다. 그러고는 '미안하지만 바늘하고 실 좀 빌려줄 수 있나요?' 서울 말씨로 아주 공손히 말했다. 태형은 속으로 쾌재를 불렀다. 창욱도 '저놈 봐라!' 감탄했다. 다만 평래만이 울긋불긋해져 있었다. 아니 왜요? 기울 게 있나요? 그녀의 목소린 가라앉아 있었지만, 말끝에 입술이 떨렸다. 태형은 오늘 그녀가 뱉은 첫마디를 간직하고자 혀를 감곤 침을 삼켰다. 아, 부드럽고도 상냥한 남녘 여인네 목소리! 네, 달마구가, 아니 단추가 떨어졌네요. 현석은 노련한 나이 마흔의 배우처럼 연기했다. 은령은 망설이며 선우 사장을 쳐다봤다. 그의 미소를 확인한 뒤에야 '네, 달아드릴게요.' 답했다.

조금 전, 그녀의 아버지가 한 말은 모두 엄살이며 겸손에 지나지 않았다. 바지주머니 꿰매는 일은 아무것도 아닐 듯했다. 아니, 바지 하나를 통째로 주문해도 훌륭히 만들어낼 것 같았다. 한 가닥으로 묶은 머리, 하얀 목줄기, 짤록한 허리. 눈을 뜨면 제일 먼저 생각나는 그녀. 태형은 기뻤다. 기쁨으로 식당의 백열등이 유난히 밝아 보였으며, 식당 한구석에서 들려오는 귀뚜라미 소린 축가처럼 들렸다. 평래는 애써 그녀를 보지 않으려는 듯 창밖의 감나무를 봤다. 붉은 감들은 자신들의 그림자보다 더 검게 보였다. 잠시 뒤, 은령이 점퍼를 들고 나오자, 현석이 태형의 옆구리를 찔렀다. 태형은 함박 웃으며 그녀가 건넨 점퍼를 받아들었다. 그거, 현석이 거 아니었나? 창욱은 알면서도 능청을 떨었다. 그물을 손질하던 선우 사장도 끼어들었다. 아, 거시기 단추야, 쉬우니께 달았겠지요. 그 말에 창욱은 방 안까지 들리도록 큰 소리를 냈다. 여기, 다들 내가 보장하는 케이에스

마크 총각들이에요. 나와서 한번 골라보라 하세요! 선우 사장 또한 장갑을 벗곤 방 쪽을 향해 소리쳤다. 그럴까요? 서로 인사라도 하게! 간곡한 아버지의 부름에도 딸은 나오지 않았다. 선우 사장은 그 후 묻지도 않았건만, 딸 얘기를 한참 동안 했다. 태형과 평래는 그 어떤 교시나 훈령보다도 귀담아들었다. 우리 고향마을이 영산강 어귀잖아요. 딸애가 태어날 땐 저녁이었어요. 음력으로 9월 22일, 서산에 해가 벌겋게, 겁나게 져버리는데 글쎄, 서쪽 해가 동쪽 강에 비치니, 붉은빛이 아니라 은빛이 되더라구요. 구슬들이 찰랑찰랑 떠다니는 것 같았응께. 그걸 보고 애 친할아버지가 은 은에 구슬 령, 은령이라 이름 짓지 않았것소.

창욱은 수첩에다 적었다.

: 다들 장가들 나이다. 매운탕집 여자애는 제5의 대원. 근데, 기태란 놈, 작전에 참가치 못해 서운했나 보다.

그날 밤, 기태는 잠을 자고 있는 현석을 깨웠다. 둘은 식당 앞 나무벤치로 갔다. 평래 동무, 팔이 싸이 도졌나? 그런 거 같시다만……, 왜 그러쉬까? 현석은 눈을 비비며 되물었다. 기태는 한참 망설이다 '아니, 고저 궁금해서리……' 하고 얼버무렸다. 아니, 기딴 일로 잠도 못 자게 끌고 나와서리……. 현석은 하품을 하며 돌아가려 했다. 그때, 기태가 현석의 팔을 막무가내로 당겼다. 뭡네까? 현석은 짜증을 냈다. 아니, 말 하라 할 땐 하지 않고서리……. 기태는 빨갛게 된 눈을 깜빡이며 입을 열었다. 다음 작전엔……, 내가, 내가 갔임해서……. 아니, 기딴 일은 대장께 말해야지, 왜 나한테 말합네까? 대장님도 김 동무 말이라멘 잘 들으시니깐……. 일 없수다레. 직접 말해보시라요. 다시 현석이 돌아서려 하자, 기태는 앞을 막으며 사정했다. 잠깐 한마디만 더 들어보라우야……. 기레, 대체 뭡네까? 음……, 대장님 하신 말씸 중에 남조선의 중령인가 뭔가가 죽었다고 했지비? 그렇쉬다. 중령이멘 우리네 군사칭호로 뭐지비? 중좌쯤 됩네다만, 왜 그러쉬까? 기태는 머뭇거리다가 말을 이었다. 한 2년 됐어라우. 남조선에서 공작을 폈는데, 기때 상좌나 중좌급 군관을 사살한 적이 있슴메……. 간나 서넛 또한 갈기고 돌아왔는데, 그중 한 간나 얼굴이 아직도 생각나……. 아니, 기래서 잠자던 사람을 깨운 겝니……? 순간적으로 현석의 말이 끊어졌다. 그러곤 놀란 토끼눈으로 대척했다. 혹시, 대장께 말한 적 있수까?

의혹

오랜만에 그림 앞에 섰다. 그림 속 붉은 감들이 거리 좌판에서 보는 것들과 같음을 아는 데 넉 달이 걸렸다. 그렇게라도 댓돌 위 고무신의 주인도 알 수 있었으면 했다. 가지런히 놓인 걸로 봐선 방으로 들어간 지 오래거나, 누군가 들어오길 기다리는 것 같은데……. 마지막 날이 될지도 모른다고 생각한 태형은 눈을 감고 심호흡을 한 뒤, 문고리를 당겨보았다. 방 안엔 두 남자가 들어 있었다.

창욱은 평래 대신 기태를 투입키로 했다. 평래의 오른팔이 완치됐다 하더라도 창욱은 기태를 데려갈 셈이었다. 기태가 참여 의사를 적극적으로 밝혔고, 명사수인 데다 풍부한 실전 경험을 가진 그의 장점이 우울증을 덮고도 남을 것이라 판단했기 때문이다. 거기에다 1차 작전에서 얻은 자신감도 크게 작용했다. 작전 참가 소식에 기태는 숨어서 웃었다. 찌그러진 하회탈 모양의 얼굴이 반듯해져 있었다.

1967년 10월 14일 토요일. 음력 9월 11일. 18:30시경, 강원도 화천, 아군 7사단 2대대 5중대(CT 888 409) 앞. 창욱은 대원들과 함께 장비를 최종 점검했다. 위통에 대비해 진통제와 소화제를 챙겼다. 그리고 1차 작전 때 배가 고파 고생했기에 이번에는 건빵을 스무 봉, 근 두 배 이상이나 챙겼다. 수건을 지참치 않아 옷으로 몸을 닦았던 기억에 청량리시장에서 수건도 몇 장 마련했다. 그리고 처음으로 작전에 임하는 기태의 컨디션에도 신경을 썼다. 어때, 기분이? 기태는 '괜찮스꽈니.' 하고 작은 목소리로 답했다.

19:00시경, 아군 잠복병 1/5명(장교1, 병사5)과 CT 886 414지점에서 작별을 고한 뒤, 창욱의 공작조는 단독 북상했다.

보름을 나흘 앞두고 있는 달은 도톰하니 사위를 밝혀주었다.

CT 874 425지점에서부터 개활지가 펼쳐져, 적에게 노출될 가능성이 높아 튜브를 끌며 포복으로 다가갔다. 일 킬로미터 가는 데 두 시간쯤 걸렸다.

호를 파기로 했다. 엎드린 자세에서 야전삽을 움직여야만 했다. 십여 분 만에 관 속 시체처럼은 누울 수 있었다. 조금 쉬도록 하자. 그렇다고 잠들면 안 돼. 창욱은 피곤을 감추지 않았다. 넷의 간격은 일 미터 내외였고, 좌로부터 창욱, 현석, 기태, 태형 순이었다. '그 동문 뭘 할까. 갑갑함을 못 참아 어데로든 뛰쳐나가고파 하건만……' 태형에게 평래의 불참은 앓던 이가 빠진 느낌이었으나, 시간이 갈수록 마음에 걸렸다.

바람도, 구름도 없는 밤이었다. 달은 하늘 중앙에 떠 있었다. 계수나무가 또렷이 보였으나, 토끼는 방아를 버리고 어디로 달아났는지 달은 속까지 정숙했다. 태형은 옆의 기태를 향해 손가락 하나를 올려 보였다. 무슨 뜻인지 몰라 고개를 갸우뚱거리던 기태는 이내 '손구락 하나 까딱하는 거'를 떠올리며 빙그레 웃었다. 그 또한 손가락을 올리곤 까딱거려 보이니, 태형은 총 맞은 시늉을 했다. 실로 오랜만에 그의 얼굴에 큰 웃음이 번졌다. 대여섯 달 전 남녘땅을 밟았을 땐, 너무나 차가워서 뜨겁게 느껴졌다. 예고 없는 뜨거운 차가움. 하지만 지금은 예고된

차가운 뜨거움이다. '아매, 보고 싶스빠니.' 기태는 다시 북녘땅을 밟은 그의 신발을 살폈다. 질질 끌며 내려왔던 인민군화였다. 꿈에도 그리던 땅을 다시 밟게 해준 그 군화 속 발에 고마워하며, 꿈이 아닌 생시임을 바닥이 아닌 가슴으로 느끼고 싶어 힘차게 땅을 디뎠다. 하지만 다시 돌아가야 한다는 생각에 생시는 다시 꿈이 되어버리고, '아매'와 '경원, 화동 내 고향'은 영원한 아픔으로 다가왔다. 마음만 아픈 게 아니었다. 언제부턴가 귀까지 아프기 시작했다. 귀에서 맥박 뛰는 소리 들렸으며, 맥박 수를 셀 수 있었다. 그에게 관 크기의 비트는 서울 명동 한복판과 큰 차이가 없었다. 심장박동은 어디서나 메아리쳤다.

　포복이 재개됐다. 창욱은 기태를 앞세웠던바, 나름대로 이유가 있었다. 무엇보다 작전에 처음 임하는 그의 일거수일투족을 관찰하기가 용이했다. 그리고 더딘 그를 앞에 둠으로써, 뒤돌아보지 않아도 됐다.

　23:50시경, 도하지점인 새말과 피루개 사이에 위치한 소성동 (CT 865 432)에 도착했다. 만 17일 만인 금성천과의 재회, 강은 여전히 무심했다. 물속에 빗발치듯 박히던 총알. 태형은 전날 머리 가까이 스쳐가던 총알들을 떠올리며 얼굴을 찡그렸다. 총

알들은 물속에서 기묘한 소릴 냈다. 삑, 삑. 호루라기 속 알갱이가 중간에서 구르질 않고 한쪽 면에 달라붙어 내는 소리. 옷을 벗었다. 다닥다닥. 이가 부딪힐 정도로 물이 차가웠건만, 준비 운동도 하지 않았다. 누군가, 네 구의 시체를 한밤중에 강물 속으로 밀어 넣는 양 보였다.

00:30시경, CT 763 433지점에 접안했다. 수건으로 몸을 닦은 뒤 옷을 입었다. 광대골 서쪽 오백 미터 이격 지점(CT 866 434)에서 약 삼십 분간 휴식을 취하면서 적정을 살폈다. 3시 방향 칠팔백 미터 지점, 어렴풋이 적의 809GP가 보였다.

02:00시경, 우이동 계곡을 닮은 지점을 향해 북상 중, CT 862 440지점에서 적들이 파놓은 반쯤 매몰된 참호와, 군데군데 끊겨 있는 전화선들이 발견됐다. 1차 작전으로 인해 적의 경계가 강화되고 있음을 알 수 있었다. 2시 방향에 적의 808GP가 있었으며, 8시 방향에 적의 807GP가 있었다. 각각 이격거리는 일 킬로미터 내외였다.

05:10시경, 포복으로 CT 865 445지점을 간신히 통과한 뒤,

계곡을 끼고 한참을 올랐다. 활엽수와 잡목으로 뒤덮인 울창한 숲을 지나 가파른 경사지를 타고 올라와 보니, 예상 밖의 불모능선이 출현했다. 달빛을 가려줄 엄폐물이 전혀 없었다. 노출될까 두려워 걸음을 재촉했다. 그렇게 십여 분을 가다가 샛길을 만났다. 폭 이 미터 남짓했으며 양쪽으로 나무들이 울창하게 서 있었다. 무엇보다 은폐·엄폐가 잘될 것 같아, 그곳에 비트를 구축해볼 생각이었다. 현석이 앞장섰으며 기태, 태형, 창욱 순으로 따랐다. 땅바닥에 낙엽들이 무수히 깔려 있는 국립공원 속 한적한 소로를 지나는 느낌이었다. 그런데, 낌새가 수상했다. 앞서가던 태형도 창욱과 비슷한 생각을 했는지, 걸음을 주저했다. 길 막바지 부근을 지날 즈음, 태형의 눈에 나무로 만든 수저통 같은 게 들어왔다. 현석이 막 밟을 참이었다. '뜨로젤!' 하고 태형이 외쳤다. 현석은 옆으로 비켜섰지만, 따라오던 기태는 엎드린다는 것이 덮쳐버렸다. 압력식 소련제 PMD-6. 목함지뢰였다. 다들 끝이라 생각했건만, 일 초, 이 초, 삼 초……. 어찌된 일인지 지뢰는 터질 기미를 보이지 않았다. 동무, 움직이딜 말라우! 태형은 조심조심 다가가, 기태의 오른쪽 옆구리에서 나무상자를 빼냈다. 기태는 뱃살뿐 아니라 옆구리 살도 많았건만, 운이 좋았다. 그중 한두 근만 더 실렸어도 그는 저세상 사람이 됐을 것이었다.

도강과 열 시간 가까운 포복, 지뢰 소동까지. 다들 지쳐 있었으며, 특히 기태가 그랬다.

06:40시경, CT 866 456지점(여문리 언저리)에서 휴식을 취하기로 하고, 또 한 번 호를 팠다.

08:00시경, 재잘거리는 소리에 태형이 깼다. 숲에 가려서 보이지 않았지만, 몇 마디 들려오는 말로써 적의 수색대임을 알 수 있었다. 태형은 자고 있는 창욱의 입을 막으며 팔을 흔들었다. 잠에서 깬 창욱은 곧장 오른손을 권총집으로 가져갔다. 쉿! 적입네다. 태형은 인지를 입술에 대고 속삭였다. 거리는 불과 삼백 미터 정도. 나무들 사이로 얼핏 적의 행렬이 보였다. 중대 병력이었으며, 10시 방향 능선을 타고 오르는 중이었다. 잠시 뒤, 그중 십여 명이 3시 방향으로 갈라져 나왔다. 그 방향이면 그들 대원들이 있는 곳이었다. 지난밤 금성천 도하 직후에 파놓았던 호 때문일까? 일행의 흔적을 어디선가 발견했을 가능성이 높았다. 결단을 내려야만 했다. 창욱은 태형에게 현석과 기태를 깨우게 했다. 잠에서 깬 기태가 놀라며 태형을 노려보자, 태형

은 오른손 인지를 이마에다 올렸다. 적의 출현을 알리는 북한 특수부대원들의 신호였다. 이어, 현석이 깼다. 그 역시 태형의 손가락을 보곤 고개를 끄덕였다. 반대 방향으로 나아가려 했지만, 침투했던 곳으로 퇴각할 수밖에 없을 것이기에, 어쨌든 적들과 맞닥뜨릴 가능성이 높았다.

09:00시경, 은신했던 CT 866 456지점을 출발해 CT 864 456과 CT 864 454, 그리고 유난히 숲이 우거진 CT 864 436지점을 통과한 뒤에야, 비로소 숨을 돌릴 수가 있었다. 작전을 포기하고 돌아간다 해도 일몰 뒤에나 가능할 일이기에, 다시 한 번 호를 팠다.

한반도 허리 부분에서 맞는 가을은 청명했다. 새 한두 마리가 짹짹거리며 호를 가리고 있는 나뭇가지 위로 올랐다. 잠시 뒤, 그 새들, 구름 한 점 없는 허공을 날았다. 무한궤도. 가을 하늘에선 온종일 눈을 감고 날아도 부딪히지 않을 것 같았다. 정오의 정적 아래 넷은 하나 송장을 위한 묘보다 좁은 곳에서 모처럼 편안하게 쉴 수 있었다. 대장님, 피곤하시지 않습네까? 엄지누르기 해드릴까요? 창욱은 말만 들어도 시원하다 했건만, 어느새 현석은 창욱의 등 뒤로 가 있었다. 고마워, 김 군. 마침내 창욱의 눈엔 열둘의 소년, 마흔의 사내, 열여덟 청년, 모두 현석의 본모습으로 비쳤다. 대장님, 저희들이 직일병을 서겠습니다. 편히 주무십세요. 태형이 말했다. 아냐, 자네들이나 자. 아닙니다. 저희들이 교대로 직일병을 서겠습니다. 태형의 고집에 창욱은 못 이기는 척 웃으며 말했다. 좋아. 그럼 난, 눈 좀 붙일게. 누가 불침번이 되던 코를 골면 비틀어버려. 내 코도 예외가 아냐. 눈을 감자 머리가 핑 돌았다. 불침번도 가위주먹으로 정하는지, 희미하게 들려오는 '돌, 가위, 보' 소리, 산 너머 동포마을에서 들려오는 듯 느껴졌다. 불과 일이 분 사이, 바람에 따라 나뭇잎 사이로 햇살이 번쩍였건만 쏟아지는 창욱의 잠을 방해하진 못했다.

14:00시경, 목표인 장사청 살해엔 또 한 번 실패했지만, 퇴각하는 길에 적의 807GP(CT 856 434)만은 습격하리라, 마음먹었다. 기다란 덤불숲 그늘을 이용해 급경사면을 올랐다. 빽빽한 나무숲은 불과 몇 미터 앞을 내다볼 수 없게 만들었다. 적의 잠복초소나 잠복병들이 갑작스레 나타날 수도 있었다. 창욱이 앞장섰으며 태형, 기태, 현석 순으로 그 뒤를 따랐다. 잠시 뒤 반원형으로 서 있는 노송 아래, 물 흐르는 소리가 들렸다. 목마

르던 참에 잘됐구나 하고 다가서려는데, 다른 곳과는 달리 잡목과 잡풀이 잘 정리된 곳이 나타났다. 태형이 막 그 언저리를 지나려던 참이었다. 창욱이 '잠깐!' 하고 외쳤건만 늦어버렸다. 태형은 발을 딛자마자 균형을 잃었다. 다행히 고꾸라지는 태형의 왼쪽 발목을 창욱이 붙잡았다. 지름 이 미터, 깊이 삼 미터 정도의 함정이었다. 가느다란 새끼줄로 망을 치곤 새끼줄 사이에 풀을 끼워 넣은 뒤, 가벼운 나뭇가지나 잎들로 덮어 위장해놓은 것이었다. 태형은 거꾸로 매달려 있었다. 얼굴 아래엔 끝이 뾰족하게 잘린 참나무 막대들이 박혀 있었다. 현석과 기태가 달려와 창욱을 도왔다. 그들의 도움이 없었더라면, 창욱은 태형을 포기했거나, 그 또한 함정 속으로 빨려 들어갔을 것이었다. 그 후 그런 함정이 몇 개 더 있었지만, 정작 문제는 지뢰였다. 1차 작전 후 적은 지뢰를 다량으로 매설해놓았다. 탐지봉으로 확인한바, 칠십 미터 전진에 무려 여덟 발이 발견되었다. 더이상 작전 수행이 어렵다고 보고 퇴각을 결정했다.

15:30시경, 다시 CT 864 436지점으로 돌아왔다. 머물렀던 흔적이 그대로 남아 있었으며, 수상한 징후도 보이지 않았다. 허기가 졌지만 건빵마저 바닥나버려 칡뿌리를 씹었다. 거기에

다 기태는 어지럼증마저 호소했다. 전투가 벌어진다면, 전원 몰살당할 것 같았다. 하지만 머뭇거리다간 따돌렸던 적병들과 다시 마주칠 수 있어, 그 자릴 뜨기로 했다.

CT 865 434지점이었다. 현석이 창욱의 팔을 당기며 손가락으로 2시 방향을 가리켰다. 비트형 초소였다. 이격거리는 이백 미터 정도. 창욱은 손바닥을 반쯤 올렸다가 내렸다. 다들 엎드렸다. 망원경으로 관측한 결과, 세 명이었다. 아무래도 침투 흔적을 발견하곤 경계를 서는 듯했다. 선제공격을 할까 망설였지만, 셋뿐이라는 보장이 없었다. 태형은 몇 달 전, 정선 그 마을 뒷산을 떠올렸다. 남한군들에게 이중으로 포위되어, 먹을 것을 구하러 내려간 평래 일행을 엄호할 짬은커녕, 당장 피신할 겨를도 없었다. 대장님, 쟤네들 뒤에 또 다른 병력이 있을 겝네다. 잠복병들은 보통 오백 미터 이내 또 다른 조원들을 두디요. 쟤네들이 뜰 때까지 기다리는 게 좋을 듯합네다. 태형의 말에 창욱은 고개를 끄덕였다.

시간이 흘렀건만, 적병들은 떠날 줄 몰랐다. 대장님, 놈들을 까부셔버립세다. 현석이었다. 안 돼. 퇴각을 결정한 이상, 퇴각만 하면 돼. 대장님, 딴 길로 돌아가멘 안 되겠습네까? 태형이었다. 안 돼. 지뢰랑 함정 땜에. 어쨌든 우리 온 길엔 지뢰가 없었잖아. 기다려보자구. 놈들도 잠은 잘 테니. 그 말에 현석이 눈을 얇게 뜬 채 '교대초소라멘요?'라고 말했다. 그랬다. 현석의 말처럼 한시초소가 아닌 교대초소라면 무작정 기다릴 수만은 없었다. 일단 어두워진 후 생각해보기로 하자. 창욱은 곧바로 착호를 명했다.

눈 좀 붙여라. 창욱의 말에 다들 눈을 감았다. 그 누구의 입에도 '직일병을 서겠습네다.'란 말이 나오지 않았다.

아련하게 들려오는 목소리에 창욱은 잠에서 깼다. 창욱은 대원들이 누워 있는 호 쪽으로 눈을 돌렸다. 각 이 미터 정도의 간격. 몸을 일으켜봤지만 마지막 호 속을 들여다보기엔 역부족이었다. 창욱은 곁에 있는 현석을 깨우기 전에 망원경을 집어 들었다. 순간 믿지 못할 광경에 아연실색했다. 분명 기태가 어른거렸기 때문이다. 창욱은 포복으로 맨 끝 호 쪽으로 갔다. 호 속을 들여다보는 순간, 숨이 멎었다. 다시 망원경을 들어 초소를 살폈다. 창욱은 순간 기태까지 사살하기로 마음먹었다. 작전 실패는 차치하고라도, 작전 기밀이 북측에 누설될까 봐서였다. 배신을 했든, 생포를 당했든 상관없었다. 나머지 대원들을 깨워야 했지만 '기태가 배신했다.'는 말은 차마 못할 것 같았다.

'돌아서 쏘고 달아나면…….' 잊고 있던 윤필용의 말이 다시 떠오르고 나머지 둘마저 달리 보였다. 결국 '기태가 잡힌 것 같다.'를 택했다.

잠에서 깬 태형은 창욱의 말에 깜짝 놀라며, 망원경으로 초소를 살폈다. 태형은 꾹 입술을 깨물었다. 창욱은 애써 풀이했다. '박태형 ○.' 태형으로부터 망원경을 건네받은 현석은 속눈썹이 휘어지도록 렌즈에 눈을 붙였다. 그러곤 '종간나새끼들이 기태 형을……!' 하며 주먹을 불끈 쥐었다. 창욱은 그 말을 자신 있게 풀었다. '김현석 ○.' 그런데 '기태 형을'이라고? 창욱은 황급히 현석에게 망원경을 빼앗다시피 해 다시 들여다봤다. 놀랍게도 기태가 오랏줄에 묶이고 있었다. '기태가 배신했다.'는 말을 했더라면, 크게 후회할 뻔했다. 어쨌든 기태를 두고서 떠날 순 없었다. 기태의 목숨도 목숨이지만 작전이 들통 나선 안 됐다. 선택의 여지가 없었다. 경우에 따라선 기태마저 처치해야만 했다. 물론 나머지 대원들이 눈치채지 못하게 해야 할 일이었다. 풀벌레 울음 사이로 정적이 흐르는 가운데 창욱은 낮게 말했다. 살펴보고 올 테니 너희 둘, 여기서 기다려라. 곧 신호를 보내마. 발각되더라도 유성무기 사용은 자제해야 한다. 최악의 경우에도 우린 쟤네들 복장을 하고 있으니, 최소한의 시간은 벌 수 있다.

창욱은 와치와 발드를 떠올리며, 이격거리 삼십 미터까지 포복으로 간 뒤, 땅바닥에 엎드려 적의 동태를 살폈다. 호 위로 소총 세 자루가 올려져 있었다. 기태가 묶여 있을 저편 구석에서는 별다른 동선이 포착되지 않았다. 창욱은 손에 수류탄 한 발을 쥐고선 대원들에게 신호를 보냈다. 현석이 창욱 곁으로 왔다. 그때 초소 쪽에서 소리가 들렸다. 동무들, 잘 감시하라우야. 무전 쳤으니 곧 인수뱅력이 올 게야. 내레, 오줌이나 갈기고 올 테니까니……. 적병 하나가 어깨에 총을 둘러멘 채, 창욱 쪽으로 왔다. 태형과 현석은 그 자리에서 엎드려쏴 자세를 취했다. 적병은 창욱의 코앞에서 바지를 내렸다. 달빛에 떨어지는 오줌 방울들이 방금 걸어 올린 고기비늘처럼 빛났다. 낙엽 위로 오줌 떨어지는 소리가 후두둑 나고, 그중 몇 방울이 창욱의 얼굴에 튀었다. 창욱은 허리춤에서 칼을 빼들곤 적의 동선을 놓치지 않으려고 눈을 부릅떴다. 마침내 적병은 휘파람을 불며 돌아서고 쏴아, 밤공기 소리가 밀려왔다. 창욱은 신호를 보냈다. 태형이 단도를 빼들었다. 현석이 서서쏴 자세를 취하곤 그의 뒤를 따랐다. 초병 중 하나가 창욱을 보고 총을 드는 순간, 태형이 뛰어들어 육박전이 벌어졌다. 현석도 하나와 뒹굴었고 창욱도 하나와 뒹굴었다. 창욱과 태형은 각자 하나씩을 처치했지만, 현석과 뒹굴던 치가 갑자기 숲 속으로 달아났다. 태형이 총을 겨누자, 창욱은 고개를 저으며 태형의 총구를 내렸다.

기태는 제대로 걷지도 못했다. 이명이 극도로 심해져, 귀 옆에서 울어대는 풀벌레소리조차 듣지 못했다. 적병들의 추격이 우려되어 서둘러야만 했다. 공제선이나 개활지에선 포복을 해야 했는데, 태형과 현석은 기태를 질질 끌다시피 했다.

04:30시경, 마침내 은닉해 두었던 튜브를 꺼내 금성천을 건넜다. 기태는 헤엄칠 엄두도 못 냈다. 기태의 튜브를 잡고 건너던 태형이 순간적으로 줄을 놓쳐버려, 기태는 한참 동안 물살에 휩쓸려갔다. 태형은 어둠 속에서 혼신을 다해 헤엄쳤다. 그러기를 십여 분, 북한강과 합류하는 지점에서 겨우 기태를 따라잡을 수 있었다.

07:00시경, CT 884 417지점에서 아군장병 여섯과 조우한 뒤, 가까스로 군사분계선을 넘었다. '이럴 줄 알았으면, 사살해버리는 건데…….' 그때서야 창욱은 태형이 총을 겨눴을 때 말리지 말걸, 하고 후회했다.

창욱은 GP 막사에서 옷을 갈아입으려 웃통을 벗고 있는 기태에게 적에게 잡힌 이유를 물었다. 기태는 한 손으로 머리카락을 뜯으며 답했다. 모르겠스꽈니. 눈을 떠보니 종간나새끼들 초소 안이었으꽈니……. 그 말에 창욱과 태형은 멍해졌다. 바지를 내리던 그들의 손이 한참 멈춰 있었다. 그때 현석이 기태에게 다가가, 마흔 살 사내의 눈빛으로 속삭였다. 동무, 아매가 보고 싶어서가 아니었쉬까? 그 말에 기태는 '무시기 소리 함메? 기딴 소리 하지도 말라우야!' 하고 소릴 질렀다. 버럭 화를 낸다는 게, 하회별신굿의 이매탈 같은 표정을 지었다. 어쨌든 속사정은 그만이 알 것이었다. 창욱은 그 사실을 보고하지 않으리라 마음먹었다.

안개

국군통합병원을 찾았다. 좋은 소식은 평래의 오른팔 상처에서 고름이 완전히 빠졌다는 것이었으며, 나쁜 소식은 기태가 내이수종과 우울증, 그리고 미미하지만 정신분열증을 앓고 있다는 것이었다. 진료부장은 기태에게 약봉지를 건네며, 상당 기간치료를 요한다고 말했다. 그 상당 기간이 얼마인지는 몰랐다. 의사의 표정으로 미뤄 볼 때, 최소한 얄팍한 약봉지 속 약들의 복용 기간과는 무관할 것 같았다.

⊕

청명한 가을, 오후 1시경. 명동은 폴카나 트롯의 리듬을 타고 있었다. 투명한 햇살만큼 사람들의 발걸음이 가벼웠으며, 가로수들도 산들바람에 우아한 춤사위를 펼쳤다. 세상에 또 이런 계절이 있을까. 사랑스러운, 사랑하고픈 계절. 노랫말처럼 무작정 편지를 쓰면, 받는 그대가 뉘라도 행복할 것 같은 계절.

약장수가 방울이 달린 빨간 모자를 눌러쓴 원숭이 한 마리를 나무판 위에 올려놓고 담배를 태우게 했다. 원숭인 몇 모금 빨더니 약장수에게 건넸고, 약장순 다시 원숭이가 주는 담배를 받아선 빠끔거렸다. 이내 원숭이는 약장수에게 손을 벌렸고, 약장수는 능금 한 조각을 그 조막손에 쥐여주었다. 구경꾼들은 박수를 쳤다. 그들 앞에는 촌충, 요충, 십이지장충이라 적힌 유리병들이 줄지어 있었다. 두 번째 쇼가 펼쳐졌다. 약장수는 입에서 찌이익, 찍! 쥐 소릴 내며, 거대한 독사가 들어 있으니 '심장이 약한 사람들, 애들은 가라!' 소리쳤다. 검은 주머니를 나무막대로 탁탁 두드리며, 곧 뱀을 꺼낼 것처럼 팔을 걷어붙였다. 그 '곧'은 언제인지, 약장수가 바닥에 깔아놓은 뇌 속으로 파고든 기생충 사진과 약 광고가 실린 신문지 조각들을 막대기로 짚으며, '단돈 백 원에 쫙 빠집니다.'를 외친 뒤부터는 '영원'이 되어버렸다. 구경꾼들 중 가장 실망한 이들은 대원들이었다.

쓴웃음을 지으며, 내심 저런 게 자본주의로구나, 여겼다.

짜장면이나 먹자. 길 건너 중국집 간판을 가리키며 창욱이 말했다. 예, 먹고 싶습네다! 현석이 극장 간판을 힐끔 보며 답했다. 광고판엔 붉은 글씨로 '만화 홍길동'이라 적혀 있었고, 초립을 쓴 홍길동이 육모방망이를 든 포졸 위를 날고 있었다. 현석은 지나가는 미니스커트를 입은 아가씨들을 보느라, 허공에 매달린 중국집 나무간판을 보지 못했다. '탁' 하고 부딪히는 소리가 제법 크게 들리고, 창욱의 외침이 뒤따랐다. 야, 이놈아! 대충 좀 봐라. 그러고 보니 장가는 네 말대로 네놈이 가야겠구나.

짜장면 넷, 짬뽕 하나, 군만두 두 접시를 시켰다. 음식이 나오는 동안 다들 단무지와 양파를 춘장에 찍어 먹었다. 두 접시째였다. 원래 이렇게 더딥네까, 음식이……? 태형이 침을 삼키며 말했다. 중국 사람들이잖아. 그리고 면을 미리 만들어놓으면 맛이 없지. 창욱은 시선을 기태에다 둔 채 답했다. 기태는 창욱의 눈을 피하고 싶은지 고개를 숙였다. 이 군, 가게에서 뭘 산다고? 병원을 나서며 평래는 창욱에게 뭘 사고 싶다 했지만, 그게 뭔지는 말하지 않았다. 평래는 쑥스러운지, 머리만 긁었다. 음식이 나오고, 빈 쟁반이 쌓이고, 다시 주문이 들어갔다. 아예 곱빼기로 시켰다. 짜장면 넷과 짬뽕 하나, 군만두 셋. 다들 며칠

굶은 거지처럼 먹었다.

길 건너 전파사에서 나훈아의 '사랑은 눈물의 씨앗'이 흘러 나왔다. 현석이 큰 소리로 따라 불렀다. 멀찌감치 따라가던 평래까지 웃을 정도였다. 태형도 노랠 아는지 입술을 달싹거렸다. 부근 영화관에선 〈안개〉, 〈만화 홍길동〉, 〈귀신 잡는 해병〉 등이 상영되고 있었다. 자네들 남쪽 영화 본 적 없지? 창욱의 물음에 넉 달 정도 서울생활을 한 적 있는 현석이 답했다. 〈지옥문〉이 란 거 봤쉬다. 이예춘, 허장강 나오는……. 태형은 〈안개〉를, 현석은 〈만화 홍길동〉을, 기태는 은근히 〈귀신 잡는 해병〉을 보고 싶어 했다. 영화에 관심 없다는 평래를 빼고 가위주먹을 했다. '돌, 가위, 보!' 몇 번을 외친 끝에 태형이 이겼다. 〈안개〉는 김승옥의 소설 『무진기행』을 신성일, 윤정희 주연의 영화로 만든 것이다. 간판엔 '韓國映畵 여기까지 왔다! 亞細亞映畵祭 監督賞 受賞!!'이라고 크게 적혀 있었다.

예상외로 기태가 상기되어 있었다. 영화 내내 주인공은 독백을 했다. 기태는 그 독백에 귀 기울였다. 영화는 언제나 주인공이 가는 곳을 좇으며, 심리적 갈등 상황에선 여지없이 보이스 오버가 나왔다. 보이스오버가 몰입에 방해가 될 수 있었건만, 이명을 앓는 기태에겐 오히려 도움을 주었다. 백 군, 재미있게

봤나? 창욱의 말에 기태는 '예.' 하고 무뚝뚝하게 답했다. 캄캄한 영화관에서 막 나온 탓에, 눈이 부신지 얼굴을 찡그렸다. 찌그러진 얼굴은 담배 한 모금 빨아 당기고 캑캑거리며 능금 한 조각을 받아먹던 원숭이를 떠올리게 했다. 주인공 잘생겼지? 창욱은 애써 기태에게 말을 걸어보려 했다. 네……, 잘생겼스꽈니……. 목소리도 멋있스꽈니……. 하하, 목소린 성우들이 내는 거야. 배우들의 목소릴 대신 내주는 사람들. 기회다 싶었던지 현석이 주인공의 목소리를 흉내 냈다. '미안해, 떠나야겠어. 전무로 승진됐어.' 근데 전무가 싸이 높은 자린가 봅네다. 조렇게 참따란 처녀도 팽개치고 갈 정도니. 높지. 사장 다음이라 할 수 있지. 대장님도 전무잖쉬까. 설명이 안 될 것 같아 창욱은 웃기만 했다. 태형은 영화를 보는 내내 여인 둘을 떠올렸다. 여주인공 자리에 그녀들을 번갈아 넣었다. 그에게 사랑은 기쁨, 슬픔, 애절함, 안타까움, 절망, 희망, 그리고 앞으로 느끼게 될 새롭고도 낯선 감정들의 모자이크였다. 그 감정들을 용광로 속에 녹여서 하나의 맛으로만 음미하고 싶었건만, 여태껏 그의 사랑은 영화 속 안개와 색소폰 소리처럼 애잔하고도 아련하기만 했다. 평래는 한 여인만을 생각했다. 영화 속 그녀가 아니라, 영화관 속에 있을 그녀, 옆 좌석에 앉을 그녀, 무엇보다 안개, 그리고 색소폰 소리와 무관한 그녀.

창욱은 대원들을 데리고 근처 다방을 찾았다. 빵모자를 눌러 쓴 이, 구레나룻과 콧수염을 기른 이, 파이프 담배를 물고선 지그시 눈을 감은 이……, 소위 예술가들이 많이 찾는다는 곳이었다. 태형과 평래는 막 최면에서 깨어난 사람들처럼 멍한 얼굴을 하고 있었지만, 현석은 엉덩이를 흔들며 다방 레지 흉내를 냈다. 저녁은 뭐 먹고 싶나? 창욱의 말에 풀어져 있던 태형과 평래의 눈망울이 반짝였다. 둘은 현석이 답해주기를 바랐다. 오랜만에 다정엘 갈까? 기레요, 대장님. 오랜만에 배도 불리고 참따란 처녀들도 봅세다. 현석이 눈치 없이 좋아라 했다. 백 군은 뭐 먹고 싶은가? 창욱의 말에 기태는 웃기만 했다. 그때 창욱이 현석에게 눈을 깜빡이며 말했다. 아냐, 우린 또 매운탕을 먹어야 해. 갑자기 태형의 얼굴이 빨개지고 평래의 입에선 흠흠, 헛기침이 나왔다. 아니, 왜 그러쉬까. 저는 오랜만에 다정에서 고기 뜯고 싶수다레. 현석 또한 눈을 깜빡이며 대꾸했다. 너나 나나, 그런 운명이잖아……. 그렇게 둘은 눈을 깜빡이며 말을 이어나갔다. 참, 기태도 매운탕 좋아하지? 창욱의 말에 기태는 고개를 끄떡였지만, 그 끄떡임은 부정도, 긍정도 아니었다.

다방을 나오자, 평래가 창욱에게 바짝 붙더니, 작은 목소리로 오십 원을 빌려달라 했다. 창욱은 다른 대원들이 눈치채지 못하게 손을 뒤로 하고선 백 원짜리 한 장을 건네줬다. 돈을 받아 쥔 평래는 길 건너 양품점으로 곧장 들어갔다.

덕소 가는 길, 태형과 평래의 마음은 영화 속 신성일이 윤정희를 만나러 가는 것만큼이나 설렜다. 현석이 그 둘을 번갈아 보며 영화 속 주인공들을 흉내 냈다. '전무로 승진됐어. 미안해. 떠나야겠어.' '떠나신다니, 붙잡진 않겠어요. 오늘처럼 안개가 자욱해지는 날에는 더욱 보고 싶을 거예요.'

어휴, 요즘은 자주 오시네. 어서들 오시더라고잉. 선우 사장은 함박 웃으며 일행을 반겼다. 웬일로 은령이 입구 쪽 탁자에 앉아 있었다. 막 시내에서 돌아오는 길인지, 아니면 시내로 나서는 길인지, 분홍빛 스웨터에 검정 구두. 외출복 차림이었다. 현석과 창욱이 식당으로 들어섰건만, 그녀의 눈빛에는 변함이 없었다. 기태, 평래, 태형이 들어서자, 아예 방으로 들어가 버렸다. 오늘 영화 재미있었지. 어때, 영화 속 여주인공, 예쁘지 않았어? 다들 그런 색시한테 장가들 거야. 창욱은 주전자 밑바닥을 잡고선 몇 번 흔든 뒤, 대원들의 잔을 채워주었다. 태형과 평래는 안주를 집어먹는 대신 문간방을 쳐다봤다. 약속한다. 작전 끝나면 장가 보내준다. 현석인 빼고. 대장님, 아니 전무님. 저는 왜 자꾸 빼십네까? 넌, 아직 미성년자잖아. 그리고 그 영화 미성년자 관람 불간데 보여준 거야. 저 어른 된 지 오래됐쉬다. 도둑장가라도 갔나? 도둑장가는 벌써 갔쉬다. 열여섯 살 때……. 너, 도둑장가가 뭔지는 알고 그러는 거야? 도둑이 장가가는 것이지유. 충청도에서도 그렇게 말하던디유, 안 그래유? 현석의 말에 주방에서 물고기를 손질하던 선우 사장까지 웃었다. 야, 기태. 넌 어때? 그 말에 기태의 얼굴이 벌게졌다. 여자 없었어? 기태는 머뭇거리다가, 비틀어진 탈 모양의 표정으로 '고저 여훼라 생각함다.'라고 했다. 기태는 그 말 뒤의 '죽으면 토까이입네다.'라는 말을 속으로 삼켰다. '제발 살려달라.' 하던 두 해 전, 그 여인네의 눈동자가 토끼의 것처럼 빨갰다.

은령이 방에서 나오자, 다들 과녁에 화살 꽂듯 시선을 돌렸다. 그녀는 곧장 뒷문 쪽으로 갔다. 검정 고무줄로 묶은 머리가 오른쪽 어깨선 아래로 늘어져, 하얀 목이 드러났다. 기태마저 그녀를 쳐다봤다. 창욱은 그녀에게 고마움을 느꼈다. 여인의 아름다움에 사랑 아닌 고마움을 느끼다니, 우스꽝스러웠다. 괜찮지? 저 아가씨? 창욱의 말에 태형이 '예!' 하고 큰 소리로 답했다. 별안간 평래가 일어났다. 다들 놀랐지만, 특히 태형이 그랬다. 어딜 가려고? 측간 갑네다. 좀 기다려, 아가씨가 갔잖아. 가야겠습네다. 급해서……. 평래는 막무가내였다. 그의 손에 뭔가 들려 있었다. 돌아 나오는 은령을 보자, 평래는 대뜸 고개 숙여 인사했다. 화들짝 놀란 그녀는 얼굴도 들지 못했다. 평래는 손에 들린 그 뭔가를 건네려 했지만, 이미 그녀는 없었다. 변소는 삐걱거리는 두 개의 나무판자와 그 아래 놓인 드럼통이 전부였다. 신문지 조각이 널브러진 변 무더기 사이로 구더기들이 득실거렸다. 아름다운 그녀가 그 자리에 앉아 있었다는 게 상상이 가지 않았다. 그러나 이내 향기가 솟아오름을 느꼈다. 그곳에서 살라 해도 살 수 있을 것 같았다. 평래는 마렵지도 않은 오줌을 억지로 누려 했다.

비밀 이야기 하나 해드릴까요? 선우 사장이 작은 목소리로 문간방 쪽을 보며 말했다. 전번에 딸애가 좋아하는 사람이 있다 했잖아요. 창욱 또한 머릴 숙이며 '누군데요?' 하고 작은 목소리로 물었다. 그때, 은령이 나왔다. 선우 사장은 딸과 눈이 마주치자, 헛기침을 하곤 하던 얘기를 관뒀다. 태형은 점퍼 단추를 만지작거리며 '아주 튼튼합니다. 새것 같습니다.' 하고 그녀에게 서울 말투로 고맙다는 인사말을 건넸다. 은령은 〈안개〉의 여주인공, 윤정희처럼 미소를 지어 보였다. 태형은 속으로 영화 속 대사를 읊조렸다. '떠나지 마세요. 꼭 붙잡고 싶어요. 오늘처럼 낙엽이 나리는 날엔 견딜 수 없도록 보고 싶을 거예요.'

오랜만에 창욱은 수첩을 펼쳤다. 펜촉이 떨렸다. 글씨가 비뚤하게 쓰였다.

: 작전은 계속 실패하고…… 앞으로 몇 번 더 해야 하나. 더 이상 얘들을 속이고 싶지 않다.

⊕

평래가 잠시 자리를 비운 사이, 태형과 현석은 기태에게 다가갔다. 정말 붙잡힌 검메? 기럼, 배신했을까이? 말했잖아, 나도 정신을 차리고 보니 거기에 있더라고…… 기래서 어떻게 했슴메? 순간적으로 아차, 싶어서 얼레뿌리를 했지. 남에서 올라온 게 아니라고. 아니, 기것도 거집뿌리라고 했슴메? 좀 더 들어보라우야, 그랬더니, 막 따지고 물어서리, 바른말을 했지…… 기래, 뭐라고 했슴메? 기태는 잠시 머뭇거리더니 말했다. 장사청이 모가지 따러 왔다고…… 그 말에 태형과 현석의 눈이 둥그레져, 눈동자에 흰자위가 반이나 됐다. 기랬더니, 날 막 죽이려

223

들지 않갔어? 나도 살아야겠다 싶었지. 기래서, 아매가 보고 싶
어 도망쳐 나왔다고 했지……. 현석은 커진 눈망울을 줄이지
않은 채 말을 이었다. 긴데, 거긴 왜, 어떻게 갔쉬까, 초소 말입
네다. 그 말에 기태는 신경질적으로 대척했다. 기건 나도 모리
는 일이라고 하지 않았슴메!

　잠시 뒤 평래가 돌아오자, 다들 모포를 이마에까지 올렸다.

박정희 모가지 따러 왔수다

기상벨에 앞서, 평래는 눈을 떴다. 어느새 습관이 되어버렸지만 오늘만큼은 설렘 때문이었다. 천장의 푸른색과 어울리지 않는 계절이 오기 전, 그곳에 없었으면 했고, 그 희망이 이뤄질 수 있는 날의 동녘이 한시바삐 트길 기다렸다. 1967년 10월 18일 수요일, 음력 9월 15일이었다.

태형은 여느 아침처럼 일식삼찬 팻말 앞에 섰다. 된장 시래깃국에 김치, 두부조림, 고등어 한 토막, 검정콩이 섞인 보리밥이 전부였다. 고등어는 꽁치보다 커서인지 한 부분이 더 있었다. 앞부분, 뒷부분, 그리고 중간 부분. 태형은 꼬리 쪽을 택했다. 현석이 손을 흔들었다. 곁에는 기태 외, 류시련 등 다른 전향공비 몇몇, 그리고 식탁 하나 건너 평래가 있었다. 태형은 주춤거리다가 현석이 한 번 더 손을 흔들자, 그쪽으로 갔다. 평래는 태형이 다가옴을 눈치채지 못한 듯, 조용히 된장국에다 밥을 말고 있었다. 국물이 모자라 검정콩은 밥 덩이 위에서 도드라졌다. 밥을 국에 말 땐, 시간에 쫓기거나 입맛이 없을 때이건만, 정성스레 젓가락으로 콩알들을 밥 덩이로부터 떼어냈다. 태형이 자리에 앉자 의자에서 삐거덕 소리가 나고, 마침내 그의 눈이 돌아갔다. 태형을 본 평래는 경직되었다. 그렇다고 식사를 재촉한다든지, 자리를 옮기려들진 않았다. 오늘 어찌 밥 먹는 속도가 느려, 태형이 말을 붙여봤다. 평래는 못 들은 척, 젓가락으로 고등어 살점을 떼어냈다. 곧장 입으로 가져가질 않고 식판 한쪽에 내려놓았다. 다시 젓가락으로 두부조림을 찢었다. 그것 또한 고등어 살점 옆에 붙였다. 잠시 젓가락을 내려놓은 뒤, 기도를 하는 양 눈을 감았다. 혹시 제사? 식판을 제사상이라 여기곤 홍동백서 식, 제를 올리나? 놀란 태형은 쉽게 밥알을 넘기지 못했다.

　태형이 식당 밖으로 나오자, 그림 앞에 서 있던 평래가 황급히 멀어졌다. 태형은 복도 끝을 향해 걸어가는 그의 뒷모습을 찬찬히 살폈다. 오히려 예전보다 더 생기가 있고 민첩해 보였다. 평래의 그림에 대한 무관심을 잘 아는 터라, 그의 눈길이 다녀간 곳이 궁금했다. 소머리, 감나무, 병아리. 그림은 그대로였건만 누군가 그림 속 방문을 열어보곤 깜짝 놀라 줄행랑을 친 느낌.

기태가 빠지고 평래가 합류했다. 그에 대해 누구도 토를 달지 않았다. 창욱이 기태에 관한 군의관의 소견을 전했지만, 그 또한 형식적으로만 받아들였다.

1, 2차 작전으로 인해 강원도 쪽 경계가 강화됐기에, 작전지역도 강원도권에서 경기도권으로 바뀌었다. 창욱에겐 반가운 소식이었다. 장사청 살해는 이제 거의 불가능한 일로 여겨졌기 때문이었다.

14:00시경, 서빙고를 출발, 경기도 일산을 지나고 있었다. 가을걷이가 끝난 들판엔 허수아비가 쓰러질 듯 서 있었다. 묘한 정경이 펼쳐진바, 참새들이 허수아비를 무서워하지 않았다. 둥지인 양, 허수아비의 품속을 파고들었다. 순간 창욱은 뒤돌아 대원들을 봤다. 태형, 현석, 평래까지 빙그레 웃었다. 평래는 차

창 밖 빠르게 밀려가는 풍경에다, 물 위에 나뭇잎을 띄우듯 눈동자를 실었다. 허수아비가 뒤로 물러나자, 차창에 비치는 그의 가슴과 어깨 위로 수면 위 물방울처럼 참새들이 튀어 올랐다. 이번 작전이 성공리에 끝나면 수용소 생활도 끝이다. 난생 처음 하는 기도였다. 수용소 군목이 건네준 성서를 한 달 만에 맨 뒷장까지 읽으며 팔이 낫기를 빌었다. 그 덕인지, 팔씨름을 할 수 있을 정도로 오른팔의 상태가 좋아졌다.

16:30시경, 차는 경기도 연천군 왕징면에 들어섰다. 창욱의 차가 지나가자, 검문소 위병이 '충성!' 하고 외쳤다. 하나 건너, 부대가 있었다. '초전박살' '필승' '반공' 등 부대마다 다른 구호들이 정문 현판에 붙어 있었다. 그중 '북괴의 가슴에 총알을 박자'란 구호가 눈에 들어왔다. 낯설지가 않았다. 비슷한 구호를 외치며 내려왔다. 그리고 그 구호 아래 올라가는 중이었다.

17:10시경, 아군 28사단 169GP(CT 229 218)에 도착. 일행은 잠시 휴식을 취한 뒤, 적정을 살피기로 했다. 창욱은 여느 때처럼 그의 지갑을 GP소대장에게 맡겼다. 그 속엔 또 이전처럼 유서와 자른 손톱, 그리고 사진 한 장이 든 봉투가 반 접힌 채 들어

있었다. 소대장 박 소위 또한 지난번 소대장처럼 물었다. 중요한 건가요? 창욱 또한 지난번처럼 답했다. 아니, 그냥 자네 사물함에 보관하면 돼.

3차 작전에 임하는 창욱의 심정은 1, 2차 때와는 달랐다. 무엇보다 '돌아서 쏘고 달아나면……?'이라던 윤필용의 말이 뇌리에서 사라지고 없었다.

목표는 육안으로도 보였다. 직선거리 이 킬로미터 정도에 임진강이 동서로 흐르고 있었으며, 그곳으로부터 북서 방향으로 약 삼백 미터 지점에 적의 689GP가 있었다. 소위 베티(Betty) 고지 바로 뒤편이었다. 베티 고지는 6·25 전쟁 후반부, 휴전협상 시 우위를 점하기 위해 피아간 사투를 벌였던 곳이었다. 이 고지를 장악하지 못한 채 휴전을 맞았더라면, 이삼 킬로미터 후방에 비무장지대가 설정됐을 것이며, 수도 서울도 그만큼 휴전선 가까이 면해 있을 것이었다.

어차피 형제끼리의 전쟁에는 배반이란 없다. 임진강, 한강의 물을 이쪽에서도 저쪽에서도 마시듯, 어제는 저쪽 편에서, 오늘은 이쪽 편에서 싸울 뿐이다. 창욱은 대원들에게 베티 고지의 영웅인 김만술 소위의 용맹심과 충성심에 관해 설명했다. 고지

앞 임진강 변엔 어둠이 내렸지만, 강물은 보름달로 인해 은가루가 뿌려진 듯 반짝였다. 다들 그쪽을 바라보며 묵념했다.

18:50시경, 대원들은 아군 GP에서 빠져나와 구릉을 내려갔다. 가파른 비탈이었다. GP 박 소대장과 소대원 넷은 고맙게도 군사분계선까지 장비운반에 도움을 주었다. 군사분계선을 통과하니 차량 한 대가 지나갈 폭의 길이 나왔다. 달이 밝아서인지 도로 양변에 토끼, 노루 등 짐승들이 뛰어다니는 게 보였다. 평래가 입을 열었다. 대장님, 담배 한 대 태우면 안 될까요? 창욱은 고개를 저었다. 안 돼. 조금만 참아…….

19:00시경, 도하예정지점(CT 221 223)에 도착했다. 강폭은 직선거리로 칠십 미터 남짓. 예정지점에서 출발한다면 유속으로 인해 약 이백 미터 떠내려가다가, 대안 10시 방향쯤 도달할 것 같았기에, 아예 상류 쪽으로 백 미터 위 지점에서 출발키로 했다. 튜브 네 개를 강 언덕에 올려놓고 옷을 벗었다. 王 자가 새겨진 태형의 배 부분에 로프가 묶였다. 로프라 했지만 창욱이 청량리시장에서 구입한 나일론 밧줄이었다. 태형이 강물에 발을 담갔다. 벌거벗은 근육질 몸매가 달빛에 드러났다. 밧줄을

묶고선 강 속으로 들어가는 모습이 꼭 팔려가는 노예 같았다. 잘생기고도 건장한 노예, 안주인의 가슴을 설레게 할. 평래 또한 그랬다. 막 경기를 끝낸 뒤, 어느 귀부인의 침실로 잠입하기 전, 몸을 씻는 검투사처럼 보였다. 하지만 현석은 그렇지가 않았다. 아니 못했다. 강물에 몸을 던지자, 풋풋함이 물 위로 번졌다.

19:20시경, 태형은 헤엄을 치기 시작했다. 수달 한 마리가 강을 건너는 듯, 단 한 번도 첨벙거리질 않았다. 물살은 그저 갈매기 형태로만 밀려났다. 잠시 후 목표 지점에 안착해 보니, 이백 미터가 넘는 밧줄이 거의 다 풀려 있었다. 태형은 근처 나무 둥치에 밧줄을 묶었다. 출발신호로 줄을 당겼다가 놓았다. 창욱 역시 줄을 당겼다가 놓았다. 현석, 창욱, 평래 순으로 튜브에 밧줄을 끼우곤 강물 속으로 뛰어들었다. 생각보다 유속이 빨랐다. 어떤 곳에선 몸을 가누기 힘들 정도로 물살에 휩쓸렸다. 한 마리 큰 뱀처럼 구불텅거리다가, 마침내 대안(CT 219 223)에 올랐다. 준비한 수건으로 몸을 닦고 야전삽으로 땅을 판 뒤, 튜브, 밧줄 등 도하장비를 묻었다.

포복으로 갈대밭까지 접근해, 전방을 관측했다. 그로부터 약

백 미터 앞에 초소가 있었으며, 또 그로부터 약 이백 미터 뒤에 적의 689GP가 있었다. 창욱은 평래에게 초소의 병력을 확인하라 지시했다. 초병들은 통상 잠이나 공포를 떨치기 위해 이야기를 나누거나, 목청을 가다듬거나, 기침을 하거나, 휘파람을 분다. 경계초소는 한참 동안 조용했다. 가까스로 포복으로 다가간 평래는 경계병이 없다 판단하곤, 대원들을 향해 전진 신호를 보냈다. 다들 움직이기 시작했다. 만일의 경우를 대비해 몸을 최대한 구부려 구간전진했다. 그때였다. 평래가 황급히 수신호를 보내왔다. 착각이었으며, 경계병이 둘이나 있었다. 다들 납작하게 엎드렸다. 과묵한 초병들, 아니 모범적인 초병들은 헛기침 한 번에 수 분간 침묵을 지켰다. 이야기를 나누었지만, 춥다는 등 날씨에 관한 몇 마디뿐이었다. 침묵 끝에 창욱은 태형과 현석을 평래 쪽으로 보냈다. 초병들의 움직임에 따라 평래는 그들에게 전진과 정지 신호를 보내왔다. 멈춤과 나아감을 반복한 뒤, 다들 평래 곁으로 갈 수 있었다. 초소와의 거리는 오십 미터 정도. 창욱은 초병들을 처치하고 적의 GP로 달려갈 것인가, 기회를 봐서 초병들을 따돌리고 GP로 향할 것인가, 고민했다. 전자를 선택하기에는 초소와 GP 간의 거리가 문제였다. 산길 이백 미터는 상당한 거리였다. 유성무기로 초병들을 처치했다간

GP 내 적병들이 눈치챌 게 뻔했다. 무성무기로 처치한다 하더라도 저항에 부딪히게 되면 위험했다. 두 경우 공히, 작전 실패는 차치하고 전원몰살까지 초래할 수 있었다. 어쨌든 유성무기로는 처치할 수 없다는 결론이 내려졌다. 전반야(자정까지)와 후반야(자정에서 05시까지) 중, 초병 대부분은 후반야에 존다. 창욱은 기다리기로 했다. 날 밝기 전에 작전을 종료할 수 있다면 더 바랄 나위가 없었다. 철수하기에도 좋은 시간대이며, 통문 통과에서도 식별상, 동이 터야 아군 초병들로부터 안내받기가 좋기 때문이었다. 창욱은 대원들에게 착호를 명했다. 하지만 마음껏 삽질할 입장도 못 됐다. 엎드린 상태에서 야전삽을 놀린 뒤, 손으로 흙을 들어냈다. 그러기를 십여 분, 마침내 몸을 가릴 수 있을 정도의 구멍이 만들어졌다.

23:00시경, 창욱은 최소한 두 시간 뒤에는 상황변화가 있을 거라 생각했다. 보초는 졸 때를 제외하곤 최대 삼십 초 안으로 팔다리를 움직이거나, 머리를 돌린다. 삼십 초가 지나도록 움직이지 않는다면, 잠든 것으로 판단해도 된다.

지루한 시간이었다. 그렇다고 잠을 잘 수도 없었다. 과묵하다고 생각했던 초병들은 갈수록 소란을 떨었다. 창욱은 복통을 느꼈다. 물을 끓여 한 잔 마셨으면 했다. 발, 겨드랑이, 사타구니가 끈적거려 아래 보이는 개울 속으로 뛰어들고 싶었다.

뉘기야? 별안간 초병의 날카로운 소리가 정적을 깼다. 너구리인지, 오소리인지, 동물 한 마리가 대원들과 초소 사이를 지나갔다. 순간, 태형과 평래는 칼을 빼들었으며, 창욱과 현석은 엎드려쏴 자세를 취했다. 초병 하나가 총을 들곤 그들 쪽으로 다가왔다. 경사면 바로 위에서 주위를 살피곤 중얼거렸다. 들짐승인가 보네……. 그들과의 거리, 겨우 일이 미터 정도였다. 좀더 살펴보라우. 다른 초병의 소리가 저 너머에서 들려왔다. 대원들은 숨을 죽였다. 초병은 마침내 경사면 아래를 보려 했다. 허리를 굽히자, 총구가 거의 현석의 머리에 닿았다. 순간 태형이 총열을 잡고 호 속으로 낚아채려 했다. 하지만 바로 직전에 '없다우! 아무것도…….' 하며 초병이 몸을 일으켰다. 다들 가슴을 쓸어내렸다. 초병은 털레털레 휘파람을 불며 돌아갔다. 마치 아는 노래를 휘파람으로 듣는 양 현석은 빙그레 웃었으나, 태형과 평래는 숙연해졌다. 창욱은 그 노래가 자신의 고향 노래인 '꿈꾸는 백마강'쯤 되지 않을까 생각했다. 그렇게 생각하니, 대원들이 안쓰러웠다. 창욱은 태형과 평래의 어깨를 툭, 쳤다.

01：30시경, 작전을 달리하기로 했다. 창욱은 태형과 평래에게 적의 교통로로 우회해, 처치할 것을 지시했다. 그러기 위해선 그들이 있는 곳에서 큰 반원을 그리며 구간전진해야만 했다. 처치한 뒤 통신선을 자르는 걸 잊지 마라. 곧장 GP 쪽으로 가라. 창욱의 말에 태형과 평래는 고개를 끄덕였다. 창욱과 현석은 태형과 평래가 초병 처치에 실패하거나 난투를 벌일 경우, 곧장 GP로 돌격할 예정이었다.

마침내 태형과 평래가 교통로 진입에 성공했다. 초소와의 거리 십 미터도 채 되지 않았다. 평래는 포복으로 다가가 초소 입구 오른편에 붙었다. 초병 하나가 전방을 주시하고 있었으며, 또 하나는 조는 듯 머릴 숙이고 있었다. 그때였다. 요란하게 들려오던 풀벌레소리 멈추고, 반대편에서 사람소리 들려왔다. 교대 병력이었다. 평래는 교통호로 들어가지도, 초소로 진입하지도 못하곤 갈팡질팡했다. 교통로에 있는 태형이 그들을 처치해주길 바라는 수밖에 없었다.

교대병은 둘이었다. 태형은 칼을 움켜쥐곤 교통로 벽에 붙었다. 터벅거리는 그들의 걸음걸이로 미루어, 얼굴에 잠을 가득 채우고 있거나, 불만을 가득 채우고 있을 것이었다. 하나가 고개를 숙인 채 태형 곁을 지나갔다. 하지만, 따라오던 다른 하나는 태형과 정면으로 마주치고 말았다. 태형은 발차기와 동시에 단도를 날렸다. 발은 마주친 적병의 얼굴에, 단도는 앞서가던 적병의 등에 꽂혔다. 비명소리를 들은 평래는 곧바로 초소 안으로 진입했다. 졸고 있던 초병들 역시 비명을 듣고 깨어났지만, 북괴병 차림의 평래를 본 순간 교대병인 줄 착각했다. 동무소리였남? 멱따는 소리 말야. 기레, 한 곡조 뽑았지라우. 평래는 칼을 쥔 손을 등 뒤로 숨겼다. 벌써 기렇게 됐구만, 시간이……, 긴데 낯선 동무네? 그중 하나가 눈치를 챘는지, 고개를 갸우뚱거렸다. 당연히 그렇캈지요. 정찰국에서 어저께 넘어왔소. 3기지 4방향 소속이었소. 평래는 태형이 올 때까지 최대한 시간을 벌고자 했다. 아니, 정찰국 소속이었던 량반이 어떻게 이런 곳에……. 아무래도 못 믿겠다는 듯 초병은 평래를 이리저리 훑었다. 또 다른 동무는 어딨소? 소피를 보고 있을 거요. 그 말에 다른 하나가 힐끔 밖을 보더니, 슬그머니 총을 잡곤 고갤 내밀었다. 내밀자마자, 귀신에게 당겨지듯 사라졌다.

초소 안에선 평래와 남은 초병이 뒹굴고 있었다. 둘은 소총을 서로 뺏으려고 사투를 벌였다. 송아지만 한 초병은 힘이 장사였으며, 설상가상 평래는 오른팔에 통증이 도지기 시작했다. 엎치락뒤치락, 결국 평래가 구석으로 몰렸다. 위에 올라탄 초병이 방아쇠를 당기려 했다. 그 순간, 문 쪽에서 칼이 날아들었다.

태형은 통신선을 자른 뒤, 창욱과 현석을 향해 손을 흔들었다.

GP 막사는 흙벽돌로 지어져 있었으며, 지붕은 갈대로 엮여 있었다. 그밖에 창문 하나가 서편에 높이 달려 있었다. 잠시 적정을 살피기로 했다. 보름달은 절반 이상 구름에 가려 초승달처럼 보였다. 적병 하나가 GP 막사에서 나오는 게 보였다. 창욱은 손바닥을 펴서 땅을 누르는 시늉을 했다. 잠시 뒤, 소변을 본 적병은 막사 문을 열고 들어갔다. 이때다, 생각한 창욱은 태형의 등을 쳤다. 태형은 날쌘 표범처럼 GP 정문 왼편에 붙었다. 창욱은 오른손 인지를 올려 좌측을 가리켰다. 창문이 있는 쪽이었다. 현석이 달려갔다. 창욱은 평래에게 태형의 우측에 붙으라 지시한 뒤, 자신은 서서쏴 자세를 취했다. 태형은 수류탄 안전핀을 뽑은 뒤, 점잖게 문을 열어 던져놓곤 측방으로 뛰었다. 이어 평래가 한 발 더 던져 넣으려 할 때, 적병과 눈이 마주쳤다. '뭬야, 동무!' 변성기가 지나지 않은 미성이었다. 이어 '수류탄임메!' 하는 소리 들리고, '쾅' 하는 굉음이 났다. 아비규환이었다. 비명소린 이내 무차별로 쏴대는 대원들의 총소리에 묻혀버렸다. 끝으로 창욱이 던진 수류탄에 GP 내 탄약들이 폭발했다. 지붕 위로 불길이 치솟아, 대낮처럼 환해졌다. 적병 서넛이 서쪽 언덕으로 달아나는 게 보였다. 현석은 정조준을 했다. 하나, 둘⋯⋯, 방아쇠를 당기려는 순간, 공교롭게도 달아나던 적이 넘어져버렸다. 순간 앞서가던 병사 하나가 돌아와 그를 부축했다. 뺨들이 아직 붉은 소년병들이었다. 현석은 몇 해 전 자신을 떠올렸다. 총을 잡지 않는 한, 굶어 죽을 수밖에 없었던 시절⋯⋯. 끝내 현석은 총을 거뒀다. 잠시 뒤 창욱이 쏜 권총소리가 세 발 연속으로 들려왔다. 철수신호였다.

창욱은 불길한 예감에 휩싸였다. 태형과 평래가 보이지 않았다. 그렇다고 그곳에 머물 순 없었다. 전사? 배반하고 도주?

02:30시경, 태형과 평래는 길을 잃어 헤매고 있었다. 아니, 헤매고 있었다기보다는 각자 나름대로의 길로 하산하고 있었다. 평래는 GP 남서쪽 능선을, 태형은 남동쪽 능선을 타고 내려가는 중이었다. 평래의 하산은 더딜 수밖에 없었다. 어둠 속 빽빽한 나무들로 인해 앞을 내다보기가 힘들었으며, 가끔 만나는 절벽 같은 경사면들이 길을 우회하게 만들었다. 1951년, 그의 나이 열 살 무렵의 금강산 자락이 떠올랐다. 멀찌감치 마을 뒤

편으로 물러서면 앞으로 우뚝 솟은 비로봉, 옆으로 월출봉과 일출봉, 한쪽으로 점잖게 비켜서 있는 세존봉. 그 아래 계곡들에는 살점을 훤히 드러낸 금강모치, 열목어, 어름치. 하지만 비경의 정적을 파훼하는 대포소리 들리고 도요새, 칼새, 딱따구리, 모든 새들이 노래하길 멈추고 단풍나무, 신갈나무, 들쭉나무, 모든 나무들이 가을이 채 오기도 전에 붉게 물들고…….

울창한 숲을 빠져나오자, 보름달 아래 개활지가 펼쳐졌다. 임진강이 눈에 들어왔다. 머지않아 저 강도 북남관계처럼 꽁꽁 얼어붙으리라. 하지만 강물은 얼음장 아래서도 흐르지 않는가.

강어귀까지 이어진 길이 보였다. 눈으로 짚어나갔다. 그리고 길이 시작되는 지점이라 여겨지는 곳으로 발길을 옮겼다. 아닌 듯해 돌아온 발자국들이 만들어놓은 길, 바로 그 외길에서 평래는 느닷없이 북괴병 둘과 마주쳤다. 현석이 놓아준 소년병들이었다. 어둠 속에서 평래는 그 둘이 현석과 태형인 줄 착각했다. 그 둘 또한 평래를 자기편이라 생각하곤 반가워했다. 대장님은? 대장이레니? 전무님 말야. 무시기……? 둘 중 하나가 어둠 속에서 총을 들었다. 평래가 GP 안으로 수류탄을 밀어 넣었을 때 마주쳤던 눈, 변성기가 지나지 않은 미성의 주인. 목소리가 계집애 것처럼 가늘고도 높았기에 곧 그를 알아봤다. 평래는 뒤돌아, 달아나기 시작했다. 연이어 터지는 총소리. 반대 방향으로 내려오던 태형은 총알이 없음을 알면서도 총소리 나는 곳으로 향했다. 마침내 11시 방향, 삼십 미터 전방에서 비틀거리며 내려오던 평래와 마주쳤다. 태형은 '평래!' 하고 소리쳤고, 뒤따라오던 적병들은 총을 쏴댔다. '악!' 비명소리와 함께 평래는 쓰러질 듯 태형에게 다가왔다. 순간 태형은 총을 던지라 소리쳤다. 먹먹한 평래의 귀에 또다시 총소리가 들려왔다. 평래는 가슴 부근에 총을 맞고 넘어지면서 태형을 향해 총을 던졌다. 하늘로 치솟은 총. 소년병들은 마구잡이로 총을 쏴댔고, 그중 한 발이 하늘로 뻗은 태형의 왼팔을 스쳤다. 태형은 수리가 꿩을 낚아채듯 총을 잡곤 방아쇠를 당겼다. 소년병들은 신음마저 높은 소리로 질렀다. 태형의 눈에 그들은 아군도, 적군도 아니었다. 그냥 동네마을 어린 동생들이었다. 총을 둘러멘 뒤 흘리는 최초의 눈물이었으며, 사람을 죽이고 흘리는 최초의 눈물이었다. 태형은 평래를 부축해서 내려갔다. 평래의 가슴에서 흘러내리는 핏덩이로 태형의 옷이 붉게 물들었다. '대장님!' 소릴 질렀건만 창욱과 현석은 가청권 밖에 있었다.

　동무……, 이미 늦었어. 날래 가라우야……. 아이 돼. 같이 가야 해. 오해도 풀어야 하고. 오해는 무시기……, 이미 풀렸어……. 열하나 죽이는 총소리도……. 못 들었는데……. 둘 죽이는 총소릴……. 어찌 들었갔어. 싸이……. 멀리 갔나 봐, 기날. 기만큼……. 뱃대지가 곯았었지……. 평래의 목소리가 봄바람에 세죽 떨듯 가늘게 울렸다. 태형은 평래를 땅에다 눕히곤 손바닥으로 가슴을 눌렀다. 손가락 사이로 피가 새어 나왔다. 두 사람의 입에서 동시에 같은 말이 터져 나왔다. 미안……. 말끝에 침묵도 동시에 찾아왔지만, 태형의 침묵은 평래의 미안하다는 말로 인해, 평래의 침묵은 가쁜 숨 때문이었다. 제기럴……. 남조선에서……. 별거 다 하다……. 동무, 나……. 성경책 보며 예수한테 기도까디 했어……. 밖으로 나가게 해달라고……. 박 조장, 나, 죽으멘 한 줌의 흙도 덮디 말라. 갑갑한 거 싫어하니까니……. 쉿! 태형은 평래의 말을 막으려 했으나, 평래는 쓴웃음을 지으며 말을 이어나갔다. 기날 또한……. 기랬어……. 조장이 날……. 지목하디 않았어……. 내가 자진해서……. 다녀오리라 했디……. 한 자리에 머무는 게……. 답답하니깐스리……. 기날……. 우리, 열다섯이 기렇게……. 바위틈에……. 숨어 있었잖남? 평래는 말을 할 때마다 쿨룩거렸다. 그때마다 태형의 손가락 사이로 피가 새어 나왔다. 박 조장……. 옛……. 동지들을……. 보니……. 어땠어? 방아쇠

241

가……, 쉬……, 당겨……, 지던감? 태형은 말을, 아니 답을 하지 못했다. 대신 평래의 가슴을 세게 눌렀다. 우리……, 이제……, 북남사람들……, 다……, 죽여……, 봤……, 어……. 평래의 입술에 푸른빛이 돌았다. 박 조장, 우리 대원들……, 남조선에서……, 약장수……, 원숭이처럼……, 되게……, 해선 안 돼……, 알갔디? 순간 평래의 눈에 불이 켜졌다. 마지막 안광이 될 것 같았다. 평래는 힘들게 주머니에서 뭔가를 꺼냈다. 뎌번……, 날……, 명동에서……, 산……, 기야. 다섯 송이 쑥부쟁이가 그려진 머리핀이었다. 태형은 순간 정선을 떠올렸다. 실에 꿰어서 누군가의 목에 걸어줬으면 했던 그 꽃들. 기래, 기 꽃과 닮았구만. 태형은 평래가 하고자 하는 말을 대신 해주었다. 보름달 아래, 피가 빠져나간 평래의 얼굴은 납빛이었다. 난, 동무를……, 한……, 번도 이겨본……, 적이……, 없어. 정찰국에서도……, 심지어……, 여기에서도……. 평래는 피가 목구멍으로 올라오는지 말을 멈췄다. 그 대신 씨익, 웃음을 지어 보였다. 태형은 평래의 가슴을 더 세게 눌러야만 했다. 때때알……, 없남? 그 말에 태형은 흠칫 놀란 기색을 보였다. 때때알은……, 남겨놔야지……. 참, 기날도……, 기랬다 했지, 하하……. 웃었지만 비웃음은 아니었다. 내 것……, 빼라우야……. 태형은 망설이다. 입술을 깨물곤 평래의 상의 안쪽 주머니에서 총알을 빼냈다. 장전 해⋯⋯. 안 돼, 동문 살 수 있어! 걱정 마⋯⋯. 내 목심은⋯⋯, 내가 할 테니⋯⋯. 태형은 어쩔 수 없이 장전해주 었다. 그러나 평래가 총을 목 아래로 가져가자, 태형은 '시팔!' 하며 총을 빼앗은 뒤, 약실에서 총알을 빼버렸다. 실의에 찬 평래는 가쁜 숨을 몰아쉬며 말했다. 마지막으로⋯⋯, 가위주 먹⋯⋯, 하자우야⋯⋯. 평래는 주먹을 쥔 채 숨을 거뒀다. 태형 은 유난히 커 보이는 그의 주먹 곁에 엄지와 인지를 펴서 가위 를 만들었다. 동무, 나야말로, 동무를 이기디 못했어⋯⋯. 뜨거 운 눈물이 평래의 얼음빛 얼굴 위로 떨어졌다.

창욱과 현석은 초조히 기다렸다. 이십 분이 지나도록 소식이 없자, 창욱은 현석을 데리고 계곡을 올라갔다. 그때, 현석이 '대 장님, 태형이 형입네다!' 소리쳤다. 창욱은 태형을 보자마자, '평 래는?' 하고 물었지만, 태형은 침묵했다.

06:10시경, CT 219 223지점에서 다시 임진강을 건넌 뒤, 07:00시경, 침투했던 통로를 따라 아군 169GP로 복귀했다. 안 개가 심해 10:00시경에 통문이 열린다는 통보를 받았다. 창욱

은 침상에 엎드려 부대장 윤필용에게 한 말을 떠올렸다. '죽더라도 우리 대원들이 죽는 거 아니잖습니까.' 내가 그렇게 말했나? 우리 대원들? 지금 나에게 우리 대원들은 누구인가. 진정 자네들이 우리 대원들인데, 아니, 우린 형제들인데. 우이동 골짜기 오목처럼 뿌리까지 얽히고설킨……. 창욱은 평래와의 마지막 대화를 떠올렸다. '대장님, 담배 한 대 태우면 안 될까요?' '안 돼. 조금만 참아…….'

'금강' 한 개비에 불을 붙였다. 필터 쪽을 북으로 향하게 두었다. GP 소대장 박 소위, 잠에서 깬 현석, 태형, 모두 부둥켜안고 울었다.

⊕

서울에 첫눈이 온 다음 날이었다. 창욱은 현석과 태형을 위해 지프 한 대와 운전병을 내주었다.

덕소로 향했다. 날이 제법 추웠다. 시골이어서인지 들판뿐 아니라 길거리에도 채 녹지 않은 눈들이 노인네 수염처럼 뻗어 있었다. 태형은 평래의 가슴을 떠올렸다. 넓게만 생각되던 가슴이었건만, 손가락 사이로 삐져나온 핏줄기를 위해 단 한순간도 머물 자리를 내놓지 않았다. 이제 그의 가슴은 두근거릴 수 없다. 태형은 미안하고도 부끄러웠다. 자신의 가슴만이 두근거리고 있음에…….

차에서 내리자 매서운 바람이 불었다. 얼마 전까지만 해도 고기 비린내를 풍기던 낚싯배들은 폐선인 양, 강 모퉁이에서 쭈그리고 있었다. 태형은 이별을 고하러 온 사내 같았다. 만남이 있어야 이별이 있건만, 언제 만남이란 게 있었나. 강을 끼고 잠시 걸으며 생각했다. 옆의 현석이 뭐라고 중얼거렸다. 현석은 새 떼에 대해 말하고 있었다. 이마가 하얀 것들이 V 자를 그리며 하늘을 날고 있었다. 그렇게 그들도 내려왔다. 북에서 남으로의 안행雁行. 다정한 형제처럼 날고 있는 기러기 떼를 보며 태형은 눈시울을 붉혔다.

전무님은 안 오시고……. 선우 사장은 창욱이 같이 오지 않은 걸 이상하게 생각했지만, 더 이상 묻지 않았다. 아니, 잠시 뒤엔 오히려 기다리고 있었다는 듯 반갑게 맞이했다. 언젠가 '딸애가 좋아하는 사람이 있어요.' 말할 때의 그 표정으로.

태형과 현석은 모퉁이 자리에 앉았다. 은령이 고무줄로 머릴 묶곤 하던 곳이었다. 방문 여는 소리 들리고, 그녀가 나왔다. 손에는 뜨개질바늘이 들려 있었다. 뭐 전해……, 드리려……, 왔습니다. 태형은 말을 더듬었다. 애써 서울말을 하려 한 탓도 있었지만, 떨리는 마음에 더 그랬다. 은령이 왜 둘만 왔냐고 물을 것만 같았다. 그래서 그녀의 말을 덮어버리려고 더듬으면서까지 말을 이었다. 좀 더 일찍……, 전해드리려 했는데……. 주머니를 뒤져서 평래가 준 머리핀을 조심스레 꺼냈다. 포장지엔 동전만 한 핏자국이 남아 있었지만, 핏자국으로 보이지 않고 누군가가 손으로 그린 하트 모양으로 보였다.

포장지를 여는 순간, 은령은 기쁨을 감추지 못했다. 예쁘네요. 감꽃 같기도……, 쑥부쟁이 같기도 하네요. 화사한 그녀의 미소. 을씨년스러운 주변 풍경과 어울리지 않았지만, 어색해 보이지도 않았다. 은령은 곧바로 검정 고무줄을 푼 뒤, 보란 듯 꽂아 올려 보였다. 가느다랗고도 긴 그 '놀갱이 목'이 드러났다. 문득 태형은 식당 서쪽 창 너머 감나무를 바라봤다. 보이진 않았지만 까치밥을 달고 있을 것이었다. 다시 한 번 그 옛날 정선의 어느 뒷산을 떠올렸다. 땅바닥에 내동그라져 있던 작은 꽃들, 그리고 누군가를 위해 만들고파 했던 꽃목걸이. 노랫말이 생각났다. '우리 집에 왜 왔니……. 꽃 찾으러 왔단다……. 무슨 꽃을 찾겠니.' 하지만 언제부턴가 그는 '명희 꽃'이 아닌 '은령 꽃'을 찾기 시작했다.

명동에서……, 산 거랍니다. 우리 둘, 가위바위보를……, 했는데, 그 친구가 이겼어요……. 그럼……. 순간 그녀의 표정이 굳어졌다. 이어 자존심이 상한, 아니 심한 모멸감을 느낀 표정으로 말했다. 건빵내기도 가위바위보로 한다면서요? 태형은 깜짝 놀랐다. 하지만 이내 기쁨이 몰려왔다. 그녀가 화를 냈기 때문이었다. 그건 그렇고, 평래 씨는 왜 안 왔나요? 머리핀이 아니었더라면 숫제 평래에 관해서는 묻지도 않았을 것이었다. 태형은 평래가 남긴 마지막 말을 떠올렸다. '우리 대원들 남조선에서 약장수 원숭이처럼 되게 해선 안 돼. 그래……, 그 원숭인 능금 한 조각을 받아먹기 위해 콜록콜록 담배를 빨아댔었지. 우린 밥 한술 얻어먹기 위해 성과 이름을 바꿨고.' 태형은 망설였다. 잠시 뒤, 그 또한 화난 목소리로 말했다. 제기랄! 이름도 바꿨어요, 김영철로……. 그리고 갔습니다. 누가요? 어디로요? 태형은 답하는 대신 숨을 깊게 들이마셨다. 은령은 더 이상 묻지 않았다. 잠시 침묵이 흐르고, 선우 사장이 그들 곁으로 왔다. 왜, 그 친구 어떻게 돼버렸어? 그때, 현석이 은령의 눈치를 보면서 태형의 옆구리를 찔렀다. 그 옛날, 태형의 점퍼 단추를 뜯곤 그의 옆구리를 찌르던 표정으로. 하지만 태형은 선우 사장에게 인사를 하곤 밖으로 나가려 했다. 잠깐만요! 은령이 외쳤다. 잠시 뒤, 스웨터 하나를 들고 나왔지만, 수줍음에 들고만 있었다. 지켜보던 아버지가 딸을 대신해서 말했다. 그때 왜, 거시기 단추 달았을 때, 방에 걸렸던 내 양복 윗저고리에다 맞춰봤대……. 난, 딸애가 애비를 위해 만든 줄 알았당께. 거시기 데부작이라나, 데비작이라나, 뭐라 하더만은…….

⊕

1967년 12월 7일 목요일. 소설과 동지 사이에 놓인 24절기 중 스물한 번째인 대설大雪, 정오 무렵이었다.

각하, 이 사람이 육사 15기생 한창욱입니다. 제가 연대장으로 있던 부대에서 중위로 중대장을 했습니다. 그것도 선봉중대장이었습니다. 윤필용은 박정희에게 자신의 부하를 자랑스럽게 소개했다. 박정희는 앉으라며 손바닥을 두 번 바닥 쪽으로 내렸다. 윤필용과 한창욱은 입관하는 시체마냥 소파에 뻣뻣이 몸을 내렸다. '전두환이 하고는 어떻게 되나?' 하고 박정희가 묻자, 윤필용이 답했다. 전 중령은 11기입니다. 그러니, 이 친구가 4년 후배인 셈입니다. 아무튼 수고 많았다. 박정희는 웃으며 창욱의 어깨를 툭, 쳤다. 창욱은 십오 도 각도로 정면을 보며 소리쳤다. 예, 육군대위 한창욱! 감사합니다! 고향이 부여라고 했나? 예! 충남 부여입니다! 나이는? 서른하나입니다! 그 말에 박정희는 탁자 위에 놓인 보고서의 첫 장을 넘기며 중얼거렸다. 결혼했겠구나……. 예! 했습니다! 애는? 사내애 하나, 계집애 하나입니다! 그때, 윤필용이 끼어들었다. 이 친구, 곧 셋째를 볼 것 같습니다. 와이프가 만삭입니다. 그 말을 들은 박정희는 측은한 눈빛으로 창욱을 봤다. 음, 딸린 식구가 많네……. 수고했다. 작전도 작전이지만 공비들을 포섭해 역이용하려는 발상이 좋았어. 참, 추웠을 텐데, 작전 중 팬티를 착용치 않았다 했나? 예! 그렇습니다! 대장이라 체면상 팬티를 입고 도강을 했는데, 젖은 팬티를 입고선 작전을 펼치기가 힘들어 아예 벗어버렸습니다! 하하, 노팬티작전이라 불러야겠구먼. 아무튼 수고 많았다. 이제, 좀 쉬도록 해. 박정희는 탁자 위, 담뱃갑을 집어 들었다. 대한민국 최초의 멘톨담배인 금관이었다. 담뱃갑에 적힌 문구가 인상적이었다. 오른쪽에는 '간첩침략을', 왼쪽에는 '분쇄하자'가 각각 세로로 적혀 있었다. 박하담배, 다들 안 태우지? 난, 목이 안 좋을 때 가끔 태워. 박정희가 한 개비를 꺼내자, 윤필용이 라이터를 켰다. 양담배를 태우는 놈들은 한국 사람이 아냐. 피 같은 외화를 낭비하는 매국노지……. 그 말에 윤필용과 한창욱은 더 고쳐 앉을 것도 없는 자세를 고쳐 앉겠다며 들썩였다. 박정희는 잠시 눈길을 창밖에다 뒀다. 몇 달 후면 푸르게 변해 있을 온실부지 뒤로 반송이 보였다. 반송 위에는 눈 대신 햇볕 몇 장이 띄엄띄엄 얹혀 있었다. 이맘때면, 나락을 베서 멍석도 짜고, 양지바른 곳에 앉아 이엉도 엮었었지……. 눈이 와야, 풍년이 들 텐데. 눈이 곧 밀과 보리의 이불 아냐? 네, 맞습니다! 네, 그렇습니다! 윤필용과 한창욱의 말이 겹쳐졌다. 잘살아야 돼, 그리고 군대가 강해야 돼. 그걸 부국강병이라 하지 않는가. 그래야, 김일성이란 놈이 넘보지 않지. 박정희는 길게 담배한 모금을 빤 뒤, 서랍에서 봉황이 그려진 봉투 하나를 꺼냈다. 두툼했다. 빳빳한 500원 권 지폐가 빼곡히 들어 있었으며, 뒷면엔 '대통령 박정희'라고 적혀 있었다. 감사합니다, 각하! 창욱은 머리 숙여 두 손으로 받았다. 참, 월남은 다녀왔나? 예! 맹호부대 기동대장으로 근무했습니다! 앞으로 군생활 잘해서 별 달아야지……. 박정희는 창욱의 전투복 견장 부분을 손으로 두드렸다. 윤 장군, 이 친구 관심 갖고 돌봐줘. 예! 알겠습니다. 근데, 공비 하나가 죽었다며? 예! 하나 죽고 셋 남았습니다. 그 셋, 관리 잘 해야 할 텐데……. 예! 염려 마십시오. 잘 관리하겠습니다. 끝이 중요해. 김일성이란 놈, 지금쯤 뿔이 나 있을 거야. 다들 입

조심하고. 예! 명심하겠습니다. 근데, 몇 신가? 박정희는 손가락으로 윤필용의 왼쪽 팔목을 가리켰다. 예! 열한 시 오십 분입니다. 곧 점심시간이네. 우리 점심이나 같이 할까? 아닙니다, 각하. 이 친구와 저는 부대에서 먹겠습니다. 둘사이 할 얘기도 있고……. 인사를 하고 돌아서려는데, 창욱이 유난히 작게 보였는지 박정희가 물었다. 키가 몇인가? 예! 육군대위 한창욱, 165센티미터입니다! 박정희가 웃으며 답했다. 나보다 1센티 크군.

청와대에서 나온 한창욱과 윤필용은 대기시켜놓은 지프를 타고 곧장 통인동 방첩부대로 향했다. 부대장실은 2층에 있었다. 방 속에 방이 있었으며, 문을 여니 5인용 식탁에 음식이 풍성하게 차려져 있었다. 테이블 중앙엔 흰 냅킨을 두른 포도주병과 잔들이, 식탁 한쪽엔 사과, 배 등 과일 바구니와 커피 잔 세트까지 놓여 있어, 그야말로 종지 하나 들여놓을 틈이 없었다.

대통령하고 먹으면 소화가 잘되겠어? 윤필용은 허허 웃으며 엄지손가락을 올렸다가 내렸다. 그는 호불호가 뚜렷한 사람이었다. 눈에 드는 이와 눈 밖에 놓이는 이, 둘만 있었다. 만일 후자가 군인, 특히 후배 군인이라면 정말 군생활하기 힘들었다. 한창욱은 전자에 해당됐으며, 윤필용은 그를 친동생처럼 여겼다.

근데 각하께서 한 대위를 높이 평가하시는 것 같아. 그리고 우리 작전도 그렇게 생각하시는 것 같고. 은근히 걱정했었어. 전두환이 하고 노태우, 권익현, 정호용 그 동기 놈들이 작전 그만두라고, 그러다가 난리 날 수 있다고 지랄을 떨었거든. 샘나서 그러는지 말이야……. 아무튼 오늘, 기분 좋다. 그 말에 한창욱은 별 표정 없이 답했다. 무엇보다 각하께서 좋게 봐주시니, 저로서는 영광입니다. 야, 생각할수록 아찔하다. 자네도 알다시피 보복공격은 미군 관할이잖아. 우리 임무는 단순히 쳐들어오는 공비만을 소탕하는 거고……. 윤필용의 말끝이 흐려지고, 침묵이 흘렀다. 그 침묵은 일 분도 채 안 됐건만 길고도 무겁게 느껴졌다. 오늘, 자네답지 않네. 혹시 죽은 녀석 때문이야……? 한창욱은 답하지 않았다. 윤필용은 창욱에게 담배를 권했다. 국산 담뱃갑 속에서 '럭키 스트라이크'가 나왔다. 창욱은 멈칫거리다가 받아들곤 얼굴을 돌려서 한 모금 빨았다. 대령과 중위 시절에는 서로 맞담배를 부담 없이 했건만, 장군과 위관 사이가 된 뒤부턴 왠지 조심스러웠다. 창욱은 한 모금 길게 들이켠 뒤 말했다. 어떻게 관리하실 예정인가요? 뭐 말인가? 우리 대원들 말입니다. 그 말에 윤필용은 '야, 우리란 말은 빼! 걔들이 무슨 우리야!' 역정을 냈다. 창욱은 고개를 숙였다. 기다렸다는 듯 윤필용은 연기와 함께 말을 토했다. 죽어버렸으면 좋았을 텐데……. 일단, 성과 이름부터 바꿔놔. 죽을 때까지 숨어 살게 하고……. 창욱의 얼굴이 납빛이 되었다. 부대장님, 저……, 보병부대로 보내주십시오. 전투부대 지휘관 하고 싶습니다. 소령, 중령 진급해서 대대장, 아니 그냥 정상적인 군생활 하고 싶습니다. 그 말에 윤필용은 고개를 끄떡이며 답했다. 하긴, 내가 자네를 방첩부대로 데려온 거나 마찬가지지. 대구 방첩대장 시절, 자네를 방첩부대로 전입시키라 했으니……. 그래, 내가 앞으로 사단장으로 나가게 되면 함께 가도록 하자. 아닙니다. 저는 더 이상 지인 아래서 근무하고 싶지 않습니다. 훈장 못 받아서 화난 거야……? 작전이 작전인 만큼 대놓고 자랑할 순 없잖아……. 윤필용은 책상 서랍에서 봉투 하나를 꺼냈다. 색 깔만 달랐지, 대통령이 준 것 못지않게 두툼했다. 받아둬……. 그리고 걱정 마. 훈장 다섯은 몰라도 셋은 받게 될 거야. 진급도 하게 될 거고.

그로부터 정확히 한 달 보름 뒤, 1968년 1월 22일 저녁 7시. 방첩대 사령부 식당 기자회견장. 한 사내의 얼굴은 오기로 가득 차 있었다. 그의 말대로 '작전에 실패한 적군의 자존심으로 도끼눈을 뜬 채' 기자들의 질문에 당당하게, 그리고 기계처럼 답했다. 성명과 나이는? 김신조, 27세입네다. 소속과 계급은?

조선인민군 제124군 부대 소위입네다. 임무는? 박정희 모가지 따러 왔수다. 그 말에 회견장이 술렁거렸다. 누구보다 놀란 이들은 맨 앞줄의 윤필용과 바로 뒷줄의 한창욱이었다. 둘은 '장사청 모가지를 따러 간다.'를 떠올렸다. 북北이 중령을 살해하자, 남南은 보복으로 소장을 살해하려 했건만, 북北은 중장, 대장을 뛰어넘곤 남南의 대통령을 살해하러 왔다.

한창욱은 대원들의 운명을 떠올렸다. '죽을 때까지 숨어 살게 해야지.' 그 '죽을 때'가 앞당겨질 것 같은 불길한 예감이 들었다.

〈끝〉

작가의 말

　이야기의 기초가 된 '1967년 北 응징보복작전'은 몇 해 전까지만 해도 국방부 기밀사항이었다. 2008년 10월 8일, 기무사령부에 대한 국정감사 시, 문서의 보존연한이 경과됨에 따라 그에 관한 자료들이 일부 국방위원들에게 제공됐다. 자료들을 입수한 뒤, 작전에 참가한 실제 인물과 접촉을 시도했다. 수차례에 걸친 인터뷰와 함께, 침투경로였던 최전방 비무장지대 인근을 직접 둘러본 뒤, 비로소 필을 들 수가 있었다.

　쓰는 내내 오묘한 감정에 휩싸였다. 슬픔, 기쁨, 사랑, 미움, 안타까움, 흐뭇함, 풋풋함, 애절함, 애처로움.

　나 자신, 정부를 대신할 순 없지만, 대원분들에게 고마움과 미안함을 전한다. 살아들 계시다면 행운을 빌고, 돌아들 가셨다면 명복을 빈다. 덧붙여 한 5년 전에 비슷한 내용의 다큐멘터리 성격의 책《가위주먹》을 펴낸 적이 있음을 밝힌다.

2016년 봄

문수산 자락에서 구광렬